Et si c'était un film de Noël

YANN GALODÉ

Et si c'était un film de Noël

Pour Simone et Micheline,

« C'est Noël : il est grand temps de rallumer les étoiles »
(Guillaume Apollinaire)

1

Si vous pensez trouver dans les pages qui suivent une histoire pleine de bons sentiments, de sucres d'orge et de personnages plus farfelus les uns que les autres, vous risquez d'être un peu déçus. Je préfère vous prévenir tout de suite. Je ne peux absolument pas vous promettre que ce récit sera rempli de folles aventures et de rebondissements spectaculaires. Car, à vrai dire, je ne sais pas moi-même ce qu'il va s'y passer. Vous savez quoi ? Partons du principe, vous et moi, que toute cette histoire ne sera qu'une simple découverte en temps réel de ce qui pourrait m'arriver dans les heures à venir. Sans pression et sans se fixer d'objectifs trop élevés, même si l'on sait que la vie peut parfois nous réserver quelques petites surprises et nous jouer de vilains tours. En témoigne la posture dans laquelle je me trouve actuellement, étalé de tout mon long sur le sol froid et humide d'un parking d'aéroport. Une position qui fait directement écho à ma maladresse légendaire et qui ne surprendrait aucun de mes proches. Mais j'y reviendrai dans quelques minutes…

Pour le moment, je pense qu'il serait peut-être judicieux de me présenter un peu. Une description brève ne mange pas de pain.

Sauf si ma mère est la seule à lire ces lignes, ce qui rendrait ce laïus un peu ridicule. Mais dans le doute : je m'appelle Franck, j'ai 39 ans et je suis heureux ! Notez que je préfère démarrer tout de suite par des faits positifs plutôt que d'étaler une vie professionnelle peu excitante.

Donc, je suis heureux ! Si, si, je vous assure.

Même si la répétition peut prêter à confusion, j'en conviens. Il faut comprendre qu'étant né un mois de Juin, et donc du signe astrologique du Cancer, je suis un éternel optimiste et souriant, qui peut malgré tout avoir ses petites sautes d'humeur et ses moments grognons. Dans mon quotidien, j'ai besoin de sentir un cocon doux et réconfortant autour de moi. Il m'a fallu de longues années de recherches, d'introspections et de questionnements (souvent inutiles) pour ne jamais trop dévier de la petite route de vie qui est la mienne. Dans ce cocon se trouve en première ligne celui que j'aime : Anthony. Un autre petit Cancer. Tout aussi sensible et heureux que moi. Il voyage à travers le monde et découvre sans cesse de nouvelles destinations grâce à son poste de steward au sein d'une prestigieuse compagnie aérienne Française. Nous nous croisons beaucoup mais partageons le plus beau ensemble. Nous vivons heureux depuis maintenant quelques années. Mais ce soir il n'est pas là. Il est à l'autre bout du monde et ne sera de retour que dans quelques jours, juste à temps pour les derniers préparatifs de noël.

Ah Noël !

Il y a encore peu je faisais partie de ceux que cette époque mettait en joie de longues semaines à l'avance. J'aimais écouter, fureter, enquêter pour mieux dénicher et offrir les cadeaux les plus inattendus à mes proches. Je me délectais des nombreux films et téléfilms de Noël dont les chaînes de télévision nous abreuvent chaque année dès le mois de Novembre. Une étape obligatoire pour tout bon fan de Noël qui se respecte. Même si on en connait à chaque fois les tenants et aboutissants :

<u>Problématiques universelles d'un bon film de Noël :</u>

• Un/une anti héros qui attend une promotion.
• Un séjour obligé, ou un retour, dans une petite ville d'un état imaginaire.
• Une problématique simple : Organisation de la parade de Noël, du spectacle de Noël, des illuminations de Noël, du concours de sablés de Noël...
• Une rencontre inattendue.
• Une contrainte extérieure : Une tempête, une avalanche, un ex jaloux ou encore un moule à gâteaux trop petit.
• Des doutes, beaucoup de doutes.
• Des remises en question.
• Un peu de magie ou d'amour. Ou les deux à la fois.
• Une fin heureuse un soir de Noël.

Tout cela contribuait à me mettre en joie et dans un état d'excitation digne d'un renne du père noël devant une botte de carottes fraîches. Mais tout n'est plus aussi simple. Il faut maintenant avancer et grandir pour mieux affronter un quotidien qui n'est pas toujours rose. Tout en jonglant avec les dettes, les crédits et autres impôts de la vie qui nous font très vite redescendre sur terre. Bien loin de la Laponie ou d'une petite ville Américaine qui sent bon la cannelle et le lait de poule. La réalité frappe parfois très fort le cœur de notre innocence. Je continue néanmoins de fêter Noël avec ceux que j'aime et garde dans un coin de mon esprit cette petite lumière, pour le moment éteinte, qui ne demande qu'à briller de nouveau. Surtout à quelques jours des fêtes...

Voilà pourquoi, ce matin, je décide de profiter de mon seul jour de repos pour aller à Paris pour effectuer mes derniers achats de Noël et ainsi éviter la cohue des week-ends. Un petit tour sur les grands boulevards, dans le 9ème arrondissement, par le passage des Panoramas. Puis par le passage Jouffroy, juste en face. Deux arrêts : d'abord « Pain d'Épices », une petite boutique qui propose de vieux jouets des années 80/90 ainsi que toutes sortes de figurines et décorations de Noël. Je m'y rends chaque année depuis que je suis petit, une tradition héritée de ma famille. Plus loin, je fais un détour par la petite boutique d'une jeune créatrice de bijoux fantaisies. Je sais que je vais y trouver de quoi ravir certaines de mes amies. Au bout de quelques minutes, me voilà déjà les bras chargés de sacs. Ensuite, direction les grands magasins, qui ne se trouvent qu'à un petit quart d'heure à pied. Des petits cadeaux de tables, aux plus importants que l'on retrouve sous le sapin. Tout y passe ! Je peste quand même un peu de ne pas avoir trouvé le temps de faire tout cela un peu plus tôt. La « dernière minute » à ce petit *je ne sais quoi* d'excitant, même s'il faut renoncer à l'idée de faire ses courses sereinement et de prendre le temps de dénicher quelques surprises inattendues. Peu importe, je dois me contenter de ces quelques heures et faire au mieux. La courte journée ensoleillée d'hiver commence déjà à tirer sa révérence. C'est l'heure du goûter, les derniers rayons s'échappent au-dessus des toits Parisiens. La ville s'illumine alors de ses multiples décorations lumineuses. Les arbres scintillent aux couleurs des guirlandes multicolores qui les habillent. Les vitrines des magasins attirent un peu plus l'œil des badauds. Les enfants rient aux éclats devant les animations légendaires installées le long des trottoirs : Poupées, supers héros, peluches, trains électriques, fusées…s'en donnent à cœur joie dans un ballet animé incessant, qui ravit petits et grands. Je prends même le temps de rentrer quelques instants dans l'immense bâtiment des Galeries Lafayette pour contempler de près le somptueux sapin installé chaque année au-dessus des nombreux stands de parfums. Une période sûrement déstabilisante et agaçante pour la plupart des vendeuses et vendeurs de cette zone dont la clientèle passe le plus clair de son temps le nez en l'air. Il semblerait que le thème de cette année soit celui de l'enfance et du jouet. Une représentation géante d'un avion en bois traverse le magasin, de part en part, au-dessus de nos têtes. Il vient ainsi compléter le tableau parfait de ce sapin qui semble tout droit sorti d'un dessin animé. OK, je l'avoue, j'ai été touché.

Alors que je commençais à me laisser gagner par cette magie, je reçois l'appel d'un numéro inconnu dont le préfixe commence par « 05 ». Le sud-ouest. Je préfère ne pas répondre, pensant qu'il s'agit encore d'un énième démarchage commercial. Après quelques secondes l'icône du répondeur apparaît sur l'écran de mon téléphone. Un démarcheur ne laisserait pas de message. Je l'écoute…

2

Un cabinet de Notaires de la Creuse, et un certain Monsieur Ray, cherchent à me joindre et me demandent de le rappeler au plus vite. Je préfère attendre, je rappellerai une fois chez moi. Comme si mon esprit se préparait à apprendre quelque chose d'important et qu'il valait mieux que je sois au calme. Je me hâte donc de rejoindre ma voiture pour rentrer tranquillement dans la petite ville que nous habitons, à quelques kilomètres au Nord de Paris.

Une fois arrivé, je prends le temps de tout bien ranger et de me poser avant de rappeler le cabinet. Grand bien m'en a pris, car cet appel fait partit de ceux que l'on n'aimerait jamais recevoir. J'apprends le départ d'une personne chère à mon cœur : ma tante Alice !! Elle a entamé son dernier voyage, de nuit. Elle nous a quitté sur la pointe des pieds. Sans faire de vagues. En pleins rêves. En silence. Elle est partie vivre la plus grande aventure de sa vie bien loin de ceux qui l'aiment. Bien loin de nous.

Le choc passé, j'essaye de rester attentif aux propos de mon interlocuteur. J'entends notamment que sur les derniers instants de sa vie, ma tante s'était retranchée dans une petite ville

17

du fin fond de la Creuse, et qu'elle avait racheté un vieux cottage qu'elle souhaitait transformer en Chambres d'hôtes. Qui pourrait avoir envie de séjourner dans un tel bled paumé ? Et pour quelles raisons obscures des personnes normalement constituées paieraient pour se retrouver dans une minuscule ville affublée du nom ridicule de « Christmas Land » ? Et surtout, qui serait assez fou pour reprendre les rênes d'un lieu qui doit crouler sous les dettes et les travaux… ?

…et bien, je vous le donne en mille : MOI

Alice a décidé de me léguer son cottage de « Christmas Land » !! Une ville, dont le nom aux consonances Anglos saxonnes, ne figure sur aucune carte. Aucun plan. Ni même sur Google Maps. L'enfer pour un citadin comme moi ! Je remercie le Notaire et lui demande de me laisser un peu de temps pour digérer tout ça. Et voir…
Mais voir, quoi ? Je ne vais pas partir sur un coup de tête au fin fond de la Creuse ?
Rien ne presse.
Rien ne m'y oblige.
Je n'ai rien demandé !!

Le téléphone posé sur le canapé près de moi, je prends quelques minutes pour réfléchir. Plus exactement j'essaie d'assembler tous les morceaux : nous sommes le 16 décembre. Le réveillon de Noël est dans huit jours. Ma tante Alice vient de mourir. Je possède apparemment une énorme maison dans une ville dont le nom n'a aucun sens dix mois sur douze. Celui que j'aime se trouve à des milliers de kilomètres. Et ma mère pense que je suis en train de commander une bûche aux marrons pour le réveillon du 24 ! Bien ! Les choses commencent à se mettre en ordre. Je progresse. J'ai la tête qui tourne. J'ai une boule de stress qui grandit dans mon ventre et dans ma gorge. Souffle Franck, souffle !!!

Alors que ma tête bouillonne, tout est calme autour de moi. Le seul bruit notable provient de mon sapin qui s'agite bien étrangement depuis quelques minutes. Une boule sur la droite. Une guirlande sur la gauche. Un autre petit ornement en forme d'avion se met lui aussi à bouger, victime des terribles coups de pattes assénés sans relâche par notre chaton qui pousse des petits miaulements stridents. On croirait entendre un mini ninja velu et très énervé. Depuis quelques jours il s'est pris de passion pour ce grand arbre vert qui trône au milieu de son salon. Oui « SON » salon. C'est un chat, donc nous sommes chez lui. Il nous tolère. Sa mission principale, je l'ai bien comprise, étant de lui faire la peau. Ou plutôt les épines. Ce qui ne tarde pas ! Le temps de tourner la tête et je vois l'énorme Nordman 190cm me foncer dessus. Je me retrouve la tête coincée entre deux branches, enseveli sous la fausse neige artificielle et la moitié des décorations qui le recouvrait. Tout cela sous les yeux du vilain petit ninja, très fier de lui.

Ne me demandez pas comment, mais à peine deux heures plus tard, je suis dans un taxi en direction du Terminal 2G de l'aéroport Charles de Gaulle où un minuscule avion, selon les dires du Notaire, me conduira directement au petit aéroport de Montluçon-Guéret. Maître Ray me conduira alors, lui-même, dans cette fameuse ville de Christmas Land. Une organisation digne d'un déplacement de chef d'état pour me conduire vers un lieu dont je ne connais encore rien. Ce coup de sapin, comme un coup du destin, s'est chargé de me remettre les idées en place. Je me souviens, comme dans un rêve, avoir contacté un ami, qui est aussi notre voisin, pour lui demander de prendre soin de notre fauve miniature. Pas un mot sur ma destination.

Pas un mot sur l'histoire du cottage.

En parler rendrait un peu plus réel quelque chose qui m'échappe encore et qui tient plus du grotesque que de la divine surprise. Aussi, je prétextais seulement le besoin de « *me retrouver sur les lieux des derniers instants de vie de ma tante Alice* ».

Ne voyez ni ironie, ni manque de respect dans l'utilisation des guillemets.

Non, juste de la trouille.

Je sais pertinemment qu'Alice a tout prévu, le notaire avait notamment reçu l'ordre de ne m'appeler qu'après les funérailles. J'ai toujours eu un rapport compliqué avec la mort et les enterrements. Elle le savait et a tout fait pour m'épargner cette épreuve. C'est sûrement ce qui m'a aussi poussé à me bouger les fesses et prendre mon courage à deux mains pour aller voir l'héritage qu'elle me confie aujourd'hui. En plus du coup de sapin sur la tête, bien entendu !

Alice a toujours été là pour moi. Depuis ma plus tendre enfance, elle a toujours portée sur moi un regard tendre et aimant. Elle se camouflait derrière un caractère exigeant et parfois même autoritaire. Semblable à une fausse noirceur portant en ridicule une force de tempérament qui pouvait parfois faire peur.

Mais pas à moi…

Je captais ses petits rires dissimulés.

Je comprenais ses piques pleines d'humour.

J'admirais ses longues tirades ridicules, qu'elle-même ne prenait pas au sérieux. Nous avions notre langage. Notre lien unique. Nous nous comprenions. Elle me répétait souvent que « *dans la vie, il est vital de différencier les gens qui ont un sale caractère, de ceux qui ont DU caractère !* ». Je suppose que c'était sa façon à elle de se rassurer sur l'image qu'elle pouvait me renvoyer.

Je l'aime profondément.

C'est son visage que je vois dans le reflet de la vitre de la berline noire qui me conduit à l'aéroport. Je ne pense qu'à elle. A nos échanges, nos engueulades, nos fous rires.

Ma vieille tante Alice. Tata. Ma tata Alice.

Il faut exactement vingt-cinq minutes pour rejoindre l'aéroport depuis la petite ville du Val d'Oise où je vis avec Anthony. Ving-cinq minutes ! Assez de temps pour retrouver quelques bribes de ce passé avec ma chère tante Alice mais, trop peu pour me mettre à douter de ma décision un peu hâtive de partir aussi tard, et à quelques jours de Noël, dans la Creuse. Mais c'est souvent au moment où l'on s'y attend le moins que la vie nous oblige à prendre le temps d'analyser et de bien réfléchir à nos actes. Je m'attends donc au revers de la médaille. À un moment ou un autre.

Je suis dans une salle d'attente, vide, de l'aéroport.

A attendre. Toujours attendre.

L'avion.

Le petit avion.

Le minuscule avion.

Et j'attends, j'attends, j'attends...
Et je m'ennuie.
Une longue rangée de sièges vides m'entoure. Tout est gris et froid. Les magasins et snacks sont fermés. Deux adolescentes hystériques répètent une chorégraphie via une de leurs applications à la mode. Je souris, hypocrite, afin de garder un contact avec les seuls êtres humains présents dans ce terminal. Au cas où les choses tournent mal ou que je loupe l'annonce d'une des hôtesses au sol.

Je décide d'attraper mon téléphone et me mets à gribouiller quelques notes. Dans quel but ? Je ne sais pas encore, mais j'en ressens le besoin donc je me lance. Elles finissent par former le début d'une histoire, celle que vous êtes en train de lire en ce moment.
Je prends ces notes sans imaginer pouvoir les partager un jour. J'ai trop de doutes sur mes capacités à pouvoir intéresser qui que ce soit avec mes histoires. Mais sait-on jamais ? Cela à au moins le mérite de m'occuper le temps que mon avion soit prêt.
J'ai toujours aimé entreprendre, créer et imaginer.
La vie m'offre des images et mon esprit s'en nourrit pour vagabonder.
Depuis petit j'écris des histoires et m'invente des aventures, mais ce n'est jamais sérieux et tout cela reste souvent coincé sur un bloc note, au fond d'un tiroir, ou sur un document Word qui ne quitte jamais mon bureau.
Mais cela ne m'empêche pas de prendre toujours autant de plaisir à écrire, alors je continue. Peut-être faut-il y voir aussi une espèce de ténacité inavouée.
Et puis, l'entêtement paye il paraît.

Voilà pourquoi je décide de me lancer aujourd'hui dans l'écriture de mes aventures… Que dis-je ? « Aventures », je m'emballe. De me lancer dans l'écriture du SIMPLE récit, d'un garçon SIMPLE, dans un monde SIMPLE, avec des personnes SIMPLES qui vivent une histoire tout SIMPLE-MENT improbable.

C'est aussi simple que ça. Tout est simple !

Enfin je crois…

Mon portable est en charge. Mon thé au citron trop sucré et imbuvable de la machine à boissons est près de moi. Mon esprit est affûté, alors allons-y. C'est parti !

Mais à peine ai-je le temps de commencer, que je suis déjà interrompu par une annonce qui va bientôt donner un tout autre sens à mon voyage…

3

« Madame, Monsieur suite à un incident matériel, le vol AF2229 prévu à 20h45 est malheureusement annulé. Nous vous prions de nous excuser pour la gêne occasionnée ».

Voilà, en substance, l'annonce clairement et distinctement énoncée par une hôtesse de sol, tirée à quatre épingles, postée derrière son petit présentoir à l'entrée de la porte d'embarquement.

« Incident matériel », c'est à dire ? Une aile s'est envolée ? Le train d'atterrissage a déraillé ? La manette de contrôle a fait un Game Over ?

Son annonce terminée, l'hôtesse se retrouve assaillie par une dizaine de personnes, sorties, on ne sait d'où, qui l'engloutissent de questions et l'accablent de doléances plus culpabilisantes les unes que les autres.

Je regarde alors les deux ados près de moi. Elles ne semblent absolument pas déstabilisées par la situation. Après deux gros souffles d'agacement, quatre levers de sourcils de mécontentement et un passage de main dans les cheveux (pour le style), elles appellent leurs parents pour qu'ils viennent les délivrer de cet *« Endroit trop chelou quoi ! »*.

Je me délecte de cette situation un peu inattendue et de voir un peu d'agitation autour de moi.

Mais je dois prendre une décision :

Rentrer chez moi et repartir demain ? Peut-être que tout sera rentré dans l'ordre.

Annuler mon voyage ? Impossible ! J'ai annoncé ma venue au notaire et j'ai fourni à mon ami l'excuse parfaite pour s'échapper d'une maison trop remplie pour les fêtes.

J'ai trouvé : une location de voiture. La voilà ma solution !

Cela peut paraître anodin, mais Anthony m'a réconcilié avec cette idée préconçue selon laquelle une location de voiture ne serait réservée qu'aux personnes aisées. Ou aux Américains qui souhaitent se rendre dans leurs petites villes de Province.

Je l'appelle et en moins de temps qu'il n'en faut pour dire « Comparateur de prix », ce petit génie du click réussit à me dégoter une petite voiture chez un loueur de l'aéroport.

C'est donc fort de ce nouveau mode de transport que je reprendrai mon périple vers la Creuse.

Je me hâte de rejoindre ce loueur. Il va me falloir quelques minutes de marche pour y arriver.

Cet aéroport vide a sur moi un effet un peu magique. Les lumières et les décorations de Noël accentuent l'impact de ma solitude mais suggèrent l'exceptionnel. Je le traverse tel le témoin privilégié d'une petite ville en sommeil. Je me sens en transit dans ce monde parallèle. C'est à la fois très cinématographique et très apaisant. Il manque juste une petite musique de fond, un peu aérienne et électronique, pour venir parfaire la longue marche que j'entreprends pour rejoindre le mini train de l'aéroport qui va me conduire tout droit chez le loueur.

Je suis étonné de la facilité et de la rapidité avec laquelle ce souci d'annulation de vol s'est résolu. Ce qui est parfait, surtout pour quelqu'un comme moi qui panique assez facilement. Tout a été simple et limpide.

C'était écrit ! « *Mektoub* » comme disait Alice.

Elle prenait un malin plaisir à mettre ce terme à toutes les sauces, comme pour nous rappeler sans cesse qu'il n'y a pas de hasards dans la vie.

Il y a, avant tout, des instants que l'on crée et des chances que l'on provoque.

Elle avait raison la plupart du temps, mais se trompait parfois, la vie serait bien triste si elle ne nous réservait pas quelques surprises.

Mais on ne contrarie pas sa vieille tante. On prend les mots, on les inscrit dans le petit carnet de son esprit en attendant de les relire au calme, quand le besoin s'en fait ressentir.

L'importance des paroles réconfortantes !

Quand je vous dis que cet aéroport vide a des effets magiques et curatifs sur moi.

Quinze minutes de marche, quinze minutes de réflexion, de pensées et...AÏE !

La tête dans la lune, j'en oublie de reposer les pieds sur terre. Me voilà étalé de tout mon long sur le sol gelé, après avoir glissé sur une plaque de verglas qui se trouvait juste devant la porte d'entrée coulissante qui mène sur le grand parking vide de l'aéroport.

C'est aussi le moment où je reprends le fil de mon histoire avec vous, en direct…

La situation me rattrape quasi instantanément, comme un boomerang qui me frapperait en pleine tête.

Debout Franck !

Heureusement, personne autour pour être le témoin de ce petit moment de honte. Ouf !

Je me relève, un peu sonné, et cours après mon sac de voyage qui a volé à travers une des places de parking devant moi. Je reprends ma route, moins serein et plus attentif aux éventuels obstacles qui pourraient se mettre en travers de mon chemin.

J'arrive enfin chez ce loueur. Il semble qu'il ait eu vent de l'annulation de mon vol à le voir trépigner d'impatience derrière son comptoir, prêt pour la délivrance de cette journée de travail interminable :

— Bonsoir, j'ai réservé une voiture...

— ...suite à l'annulation de votre vol. Oui votre conjoint m'a prévenu. Je vais avoir besoin de votre permis de conduire et d'une carte bleue pour la caution.

Une signature par ci, un paraphe par là. Je me hâte, je veux quitter l'aéroport au plus vite. Mais alors que je m'apprête à signer le contrat de location et enfin partir, une femme en état de panique entre en trombe dans le petit préfabriqué bien trop chauffé :

— Bonsoir, est-ce qu'il vous reste une voiture ? Un camion ? Une trottinette ? N'importe quoi pour ce soir ?

— Je suis désolé Madame, mais ce jeune homme (flatteur va !) vient juste de nous louer notre dernière voiture et...

— ...et tous les autres loueurs sont fermés ou complets, j'ai vu. Merci.

– Je suis vraiment désolé. Mais nous aurons sûrement des retours demain…

– … c'est que je dois me rendre dans la Creuse au plus vite.

Stop ! STOP STOP STOP !

Temps mort. Pause.

Cette femme vient-elle à l'instant de dire qu'elle doit absolument se rendre dans la Creuse ?? Impossible ! Dans un aéroport international qui dessert les plus grandes villes du monde, les plus grandes capitales Européennes ou simplement les grandes villes de notre beau pays, évidemment je croise la seule personne de France qui, comme moi, veut se rendre dans la Creuse. Je m'entends alors lui répondre presque instinctivement :

– Je vais dans la Creuse, Madame.

– C'est bien, vous avez de la chance jeune homme. J'adorerais pouvoir me vanter d'y aller aussi.

– Ce que je voulais dire, puisque c'est important pour vous de partir ce soir...

– ...vous me laisseriez prendre votre location ?

– Alors non. Mais vous proposer de faire le voyage ensemble, oui, avec plaisir.

– Mais je ne vous connais pas. Qui me dit que vous n'êtes pas un pervers ?

– Alors, je l'ai été, mais c'est derrière moi tout ça.

– C'est de l'humour ?

– En effet.

– Ça ne me rassure pas.

– Écoutez, je suis tout aussi surpris que vous par cette spontanéité, mais c'est bientôt Noël et il n'y a que quelques heures de route. Si cela peut vous aider...

– Comme une espèce de co...de co... ?

– ...voiturage, oui ! Si vous voulez. Si ça peut vous rassurer.

– Je prends des diurétiques, il faudra que je m'arrête plusieurs fois pour... enfin vous voyez quoi !

– Oui pas de soucis, autant que vous voudrez.

– Et j'ai des cookies faits maison !

– Si vous me prenez par les sentiments...

Elle me regarde, je souris.
Son visage commence à se détendre et laisse apparaître un large sourire également :

– Alors je veux bien. C'est très aimable à vous, merci.

On dirait que j'ai fait mouche !
Le loueur ne manquera pas d'ailleurs de souligner avec niaiserie que la magie de Noël peut parfois faire des miracles. Ce qui me laisse légèrement circonspect, alors que ma nouvelle complice de route semble, de toute évidence, partager son avis.
Nous voilà donc partis tous les deux en direction de La Creuse un soir de Décembre.

– Si je peux me permettre, vous vous êtes fait avoir !

– Comment ça ?

– Il y a deux rayures sur l'aile droite passager, un petit enfoncement sur l'arrière gauche et un pneu lisse. Et vous ne l'avez fait noter nulle part.

Voilà une petite subtilité qui m'avait effectivement échappé et à laquelle je n'étais pas préparé. Habituellement, c'est Anthony qui gère ce genre de choses.

Je rétorque à ma compagne de voyage que j'ai souscris à toutes les assurances possibles et imaginables et que j'ai donc l'esprit tranquille.

Dans mon for intérieur c'est la panique ! J'espère sincèrement qu'à la réception de la voiture de location, le garagiste n'y verra que du feu.

Je peste un peu puis passe très vite à autre chose.

J'ai toujours eu beaucoup de facilités pour communiquer avec les gens. Question d'éducation ! Ma mère, peu disponible quand j'étais petit, se partageait mon éducation avec ma tante. Alice a longtemps travaillé comme gardienne d'immeuble, avant de quitter Paris.

Un métier de contact, d'écoute et d'empathie, dont j'ai été le témoin privilégié dès mon plus jeune âge. J'adorais la suivre dans ses résidences attitrées. Me prendre au jeu des états des lieux d'appartements, des entrées et sorties, des vérifications des parties communes etc.... Tout un petit monde à surveiller et diriger, et dont ma tante semblait être la gardienne immuable. Toujours le bon mot, la parole rassurante, le petit sourire sincère. Toutes ces petites attentions que j'ai gardées en mémoire et qui m'ont fait aimer la nature humaine avant même de la comprendre totalement.

Alice ne croyait pas en la méchanceté. Elle parlait plutôt de souffrance. Elle essayait toujours de tirer le positif des échanges, mêmes houleux, qu'elle avait avec ses locataires.

31

Un véritable rempart contre les énergies négatives. Et les cons accessoirement.

D'elle, j'ai gardé cet appétit de connaissance de l'autre et cette curiosité de leur univers.

J'ai appris à m'intéresser à ceux qui m'entouraient ou que je croisais. J'ai constaté plus tard, que tout cela était devenu une vraie force et qu'Alice m'avait donné les armes nécessaires en me sensibilisant à cet intérêt pour les autres.

Les échanges sont donc immédiats avec ma nouvelle complice.

Nous sommes à l'aise et je suis heureux de ne pas avoir à compter les voitures ou les bandes blanches au sol.

4

Gretchen ! C'est son nom !

– C'est Persan. Cela veut dire « *Marguerite* ». Ainsi, quand je n'ai pas trop le moral je me rappelle que je suis une belle plante !

Cette femme respire la douceur et la joie de vivre.
Sa petite taille, ses cheveux blancs bien coiffés et son teint pâle lui confèrent l'image d'une personne douce et attachante.
Je suis charmé par son petit sourire coquin aux coins des lèvres qui ne la quitte jamais.
En voyant ses yeux pétillants, son sourire éclatant et sa finesse d'esprit, je suis happé dans un nuage de barbe à papa moelleux, doux et réconfortant.
De chacun de ses gestes, il émane une légère odeur de cannelle.
Elle est rassurante, elle semble intemporelle, peut-être même un peu magique.
Je ne peux pas croire que je sois en train d'écrire ça. C'est un peu niais.
Mais, soyons clair, je le fais uniquement pour que vous

compreniez bien le genre de personnage qui se trouve à côté de moi.

Je l'invite à se reposer un peu, si elle le souhaite, en lui précisant que cela ne me dérangerait pas :

— Vous voulez déjà me faire taire et vous débarrasser de moi ?
— Non loin de là, mais vous avez peut-être eu une journée éprouvante et...
— ...et une vieille bonne femme comme moi doit avoir envie de faire un petit roupillon. C'est ça ?
— ...
— ...et bien rassurez-vous mon petit Franck je suis bien loin de sucrer les fraises et j'ai encore de l'énergie à revendre.
— Ce n'est pas vraiment ce que je voulais dire...
— Vous êtes mignon, vous rougissez. Je vous taquine et je vous remercie de vos bonnes intentions. Ce n'est pas si souvent. Un cookie ?
— Avec plaisir, je n'ai rien avalé de la journée.
— Vous rigolez ? Il y a urgence alors. Ils sont à la cannelle. J'adore la cannelle !

Cette précision n'était pas forcément nécessaire tant le parfum de cannelle embaume l'habitacle de la voiture depuis le début de notre périple.
Ce qui n'est pas pour me déplaire.
Et comme une grand-mère qui jouerait avec son petit fils, elle m'enfourne un énorme morceau de cookie dans le gosier avant même d'avoir eu le temps de dire « *ouf* ».
Cela nous amuse beaucoup et nous en rions de bon cœur.

- Noël est une période magique.
- Si vous le dites...
- Vous ne trouvez pas ?
- C'est magique seulement quand on est enfant, après...
- Je ne suis pas du tout d'accord avec vous malheureux. Donnez-moi le nom de l'imbécile qui vous a mis de telles sottises en tête ?!?

S'ensuit alors de longues minutes durant lesquelles elle m'expose sa passion pour Noël. Elle me parle de cette atmosphère si spéciale, de la particularité de l'ambiance durant toute la période des fêtes, de ses rares souvenirs d'enfance dans sa petite ville natale puis de ses souvenirs d'adulte, attendant le moment des préparatifs avec toujours autant d'excitation.

Je suis assez surpris par son assurance, elle ne semble pas craindre les préjugés en avouant sa passion pour une fête enfantine !

- Je vous souhaite sincèrement de changer d'avis dans un avenir proche. Peut-être en devenant père.
- J'adorerais. Mais c'est un peu compliqué dans ma situation.
- Vous êtes homosexuel, pas stérile !
- Comment avez-vous su que... ?
- Je vous ai entendu parler avec votre ami. Anthony ?
- Ma parole, vous avez des oreilles partout.
- Je suis très curieuse, je l'avoue. C'est mon péché mignon. A chacun ses petits défauts.
- Les choses ne sont pas si simples du coup.
- J'imagine que le beau projet de devenir parent est

assombri par l'aspect financier ou la lenteur des démarches ?
- Parfois même les deux.
- Ne perdez pas espoir. Tout est possible. Nous partageons bien un cookie de Noël sans nous connaître, un soir de Décembre.
- Vous avez raison.
- Alors je vous souhaite de retrouver un peu de la magie des fêtes et que vos rêves se réalisent mon cher Franck.
- Merci Gretchen, c'est très gentil.
- Et aussi de ne plus faire de cascades sur le verglas...

Elle me laisse bouche bée à nouveau. J'explose de rire en voyant sa moue amusée par tant de curiosité et de petites piques si bien servies.

Je dois préciser que les cookies étaient délicieux et qu'ils avaient un petit goût de reviens-y que je ne tardais pas à faire entendre à ma co-pilote.
Elle semble ravie de cette requête :

- Vous savez ce que j'adorerais ?
- Dites-moi tout !
- De la musique ! Je peux ?
- Je vous en prie. Mais par pitié évitez les compilations de chants de Noël.
- Je n'oserais pas. J'adorerais. Mais je n'oserais pas. Ce sera déjà bien assez difficile à votre arrivée.
- A mon arrivée ?
- Dans la Creuse ! C'est une région qui prend Noël très au sérieux. Les décorations, les traditions, les chants de Noël...

– Oh je ne sais pas si j'aurais vraiment le temps de m'attarder pour voir tout ça.

– Vous n'allez pas retrouver votre amoureux et votre famille ?

– Non, je vais malheureusement dire adieu à une personne chère qui nous a quittés il y a quelques jours.

– Oh je suis désolée ! Quelle maladroite je fais. Excusez-moi Franck, je vais me taire et me priver de cookies.

– Il n'y a pas de mal.

– Alors musique ! Aux grands maux les grands remèdes. Que me conseillez-vous ?

Je propose alors à Gretchen une ambiance calme et aérienne. Je lui fais découvrir la musique d'un jeune DJ Français du nom de « Petit Biscuit », dont j'adore les compositions et qui cartonne sur les réseaux sociaux du monde entier :

– Petit Biscuit ? C'est un nom de circonstance en cette période.

Je lui explique que tout cela n'a en fait aucun rapport avec Noël, puis elle se laisse envahir gentiment par la musique. Au bout de quelques secondes elle fredonne…et je comprends que la mission est accomplie.
Elle aime.
Elle fredonne.
Elle regarde par la fenêtre.
Elle fredonne à nouveau.
Elle me sourit.
Elle fredonne encore.
Elle s'assoupit.

Elle ronfle.

Après quelques minutes, elle commence à me manquer.
Si, si, je vous promets.
Elle est de ces personnes qui ont le don de remplir un espace
et de vous embarquer dans des discussions dont vous souhai-
teriez qu'elles ne finissent jamais.
Gretchen est ainsi. Et forcément, je m'attache.

Voilà déjà plus de deux heures que nous roulons. Il est
temps de faire une petite pause pour un café. Je m'arrête sur
la première aire qui se présente.
J'adore les aires d'autoroutes !
Il y a dans ces lieux un parfum de vacances et d'évasion qui
déclenchent cette déconnexion vitale du quotidien.
L'odeur de l'essence, des machines à cafés et des gels hydro
alcooliques.
Les produits régionaux, les gros livres à 2 ou 3€ et les friandises en caisse sur lesquelles on craque forcément…
Les routiers, les vacanciers et les familles que l'on croise et qui
sont aussi impatients que nous de rejoindre leurs destinations.
Enfant, je trépignais, je pleurais, je voulais repartir tout de
suite.
Aujourd'hui, je savoure ces instants, je me caféine et je prends
le temps de voir le chemin parcouru. Et surtout celui qu'il
reste à faire.

J'appelle Anthony, pour le rassurer, et lui raconter ma drôle
de rencontre.
« Ça ne m'étonne pas de toi ça », me glisse-t-il dans un bâille-
ment amusé qui traduit une journée longue et difficile.

Il me connaît bien. Me comprend mieux que personne. Voilà pourquoi je mets un point d'honneur à toujours faire en sorte que la vie soit simple et douce pour lui.

– Repose-toi, mon cœur, tu as l'air épuisé.
– Oui, je suis crevé. J'y vais. Mais envoie-moi quand même un texto pour me dire que vous êtes bien arrivés.
– Pas de soucis. Bonne nuit.
– Je t'aime.
– Moi aussi je t'aime.

C'est aussi simple que ça...

Avec délicatesse je me glisse dans la voiture pour ne pas réveiller Gretchen, mais elle n'est plus là !
Mon sang ne fait qu'un tour.
Pris de panique, je ressorts précipitamment pour la chercher, quand je l'entends soudain pester au loin :

– Huit euros pour un minuscule chocolat chaud ? C'est du vol caractérisé ! Faites le calcul pour toute une famille. C'est exorbitant ! Quelle honte !
– Vous semblez très concernée.
– On le serait à moins. Je suis surtout très énervée. C'est Noël après tout, ils pourraient faire un effort
– Les industriels et les grands patrons adorent Noël, tout comme vous, mais, pas pour les mêmes raisons. « Business is business »
– Oui je sais bien que c'est peine perdue et que je peste contre des moulins à vent. Du coup, je nous ai pris des friandises et des barres chocolatées.

–   Vous n'auriez pas dû.

–   Tut tut tut, le sucre c'est la vie.

–   Le gras aussi.

–   Et les deux font bon ménage, donnent bonne mine et de l'énergie. Nous en aurons besoin pour terminer le voyage. Poussez-vous, je conduis.

–   Vraiment ?

–   J'ai suffisamment roupillé. À vous de profiter un peu maintenant.

Voilà une situation bien cocasse à laquelle je ne m'attendais pas du tout.
Me faire conduire par Gretchen à la cannelle.
En route pour de nouvelles aventures !!

Après deux cris d'embrayage, un crissement de pneus et l'apparition de deux gouttelettes de crispation sur mon front, nous voilà donc repartis en direction de la Creuse :

–   Voilà deux heures que vous conduisez, il reste une heure et des poussières. Nous serons vite arrivés.

J'acquiesce, serein et heureux d'être passager. C'est très agréable.

–   Alors, ne m'en voulez pas mais votre « petit cookie »
–   … « Petit Biscuit » !
–   Oui ! Et bien c'est un peu toujours la même chose. Je vais mettre ma musique.

« *Toujours la même chose. Toujours la même chose* ».
En attendant ça fredonnait dur avant de roupiller sec.
Mais pas de soucis, je l'invite donc à choisir un autre style de musique et me retrouve avec toute la collection des chansons des années soixante :

– Marvin Gaye, Armstrong, Ray Charles, Nina Simone, Aretha Franklin... Voilà des sons qui font chaud au cœur et vous donnent le sourire !
– Oui ça donne la pêche.
– ÇA c'est de la vraie musique. Pas comme tous les trucs tristounets ou soporifiques que l'on entend aujourd'hui. Des sons purs et de vraies voix graves et puissantes.

Plus le temps passe et plus Gretchen m'interpelle. Toute en nuances : douce et apaisante, puis folle et habitée. Elle transpire la sincérité, la spontanéité et la joie de vivre.
Elle me rend curieux et j'aimerais en savoir plus sur elle... mais je n'ose pas.
Je me contente de la regarder chanter, tout en riant avec elle.
Les minutes défilent à une vitesse folle et nous ne sommes plus qu'à quelques kilomètres de la Creuse.
Soudain mon esprit semble se connecter de nouveau à la réalité et me questionne sur quelque chose d'important : où va Gretchen ?
Notre rencontre fulgurante et inattendue m'a fait oublier que nous allions nous quitter bientôt, mais où et comment ?
Il est nécessaire de répondre rapidement à ces interrogations...

– Dites-moi Gretchen, j'ai oublié de vous demander où

41

je dois vous déposer ?

— Où je dois ME déposer, c'est moi qui conduis je vous rappelle. Et bien je retourne dans ma ville natale de…

Mais avant même de pouvoir finir sa phrase un énorme bruit, semblable à une explosion, se fait entendre à l'avant de la voiture. Le véhicule commence à tanguer dans tous les sens. Contre toute attente, c'est Gretchen qui hurle de ne pas avoir peur.

Elle maîtrise parfaitement la situation. Nous maintenons tous les deux le volant.

J'ai l'impression de me retrouver dans le tambour d'un lave-linge. Tout tourne à une vitesse folle autour de nous.

Nous réussissons à stabiliser la voiture pour éviter de faire un tonneau.

Nous glissons et tournoyons sur la route verglacée.

Quelques longues secondes plus tard nous finissons notre course dans le fossé.

La tête dans les Airbags de la voiture. Quelle aventure !

Le temps de souffler un grand coup et de nous remettre de nos émotions, je vérifie que Gretchen va bien. Elle est alors prise d'un long fou rire qui ne tarde pas à me gagner. Une façon d'évacuer le stress.

Gretchen me montre ses cookies en miettes et repart de plus belle en fou rire.

Nous prenons quand même le temps de nous inspecter et vérifier que tout va bien.

Heureusement, plus de peur que de mal. Nous sommes entiers.

Coincés au beau milieu de nulle part, en pleine forêt, avec la nuit et la neige qui commencent à tomber.

Depuis une demi-heure je suis dehors, dans le froid, j'essaie de capter du réseau pour appeler un foutu dépanneur. La patience commence à me quitter et chaque partie de mon corps se transforme en stalagmites. Petit à petit, la neige recouvre les arbres, puis la route, puis la voiture. Puis moi.

– Rentrez vous mettre au chaud Franck. Vous allez attraper la mort. Pardon...froid ! Vous allez attraper froid !

Une chance pour nous que le moteur fonctionne encore, nous en profitons pour faire fonctionner le chauffage. Mais impossible de bouger la voiture. Le fossé a englouti l'avant, comme j'ai englouti les cookies de Gretchen.

Après avoir repris nos esprits, nous attrapons quelques vêtements chauds dans nos valises pour affronter le plus confortablement possible cette nouvelle épreuve. Il faut bien admettre que sur ce coup ma compagne de voyage est bien mieux organisée que moi.

Je n'ai même pas un pull à me mettre, car j'ai purement et simplement oublié d'en prendre un de rechange avec moi. J'ai pour excuse d'avoir été interrompu par mon patron pendant que je préparais ma valise et mon départ. Il m'annonça que le projet sur lequel je travaillais depuis des mois venait de me passer sous le nez en même temps que ma promotion.

– Tiens c'est vrai que je ne vous ai même pas demandé ce que vous faisiez dans la vie ?
– Je suis Chef de projet événementiel. J'organise différents types de prestations aussi bien artistiques que sportives.
– Culinaires aussi ?

–   Ça peut m'arriver, oui.

–   Houlala, ça doit être passionnant.

–   Ça l'est. Sauf quand vous êtes dirigé par un tyran qui vous fait travailler comme un forcené pour au final donner votre place à Ted l'andouille.

–   Ah oui vous êtes très remonté dis-donc !

–   Je suis désolé…

–   Au contraire lâchez-vous mon petit Franck. J'aime les colères saines. Surtout si elle concerne Ted l'abrutit.

Me voilà donc parti sans vêtements chauds, sans écharpe et…sans boulot !

Il n'était pas question que je reste, ne serait-ce que deux jours de plus, dans cette entreprise où je me sens à l'étroit et si mal compris. J'ai donc profité de ce nouveau revers de médaille pour donner ma démission, par téléphone, sur un coup de tête.

A défaut de pouvoir lui coller un coup de boule.

Mais peu importe, encore une fois : « Mektoub », comme disait Alice.

Il y a sûrement une bonne raison à tout cela.

Quelque chose qui explique ce timing un peu morbide, mais parfaitement réglé qui m'empêche de m'empiffrer de cochonneries sur mon canapé, sous un plaid, en regardant ma TV.

–   Vous êtes jeune et la route est encore longue. Prenez les ronds-points comme ils viennent et ne perdez pas trop de temps sur les routes sinueuses. Vous n'en serez que plus heureux.

–   Ça a l'air si simple quand vous le dites.

–   « *Hakuna Matata* » !

44

–   Pardon ?

–   Ça veut dire « *Pas de soucis* ».

–   Oui, non, merci, je connais mes classiques et j'ai grandi avec le Roi Lion. Ce qui me surprend c'est que vous citiez du Disney.

–   Vous croyiez que mes références étaient plus philosophiques ?

–   OUI ! Vraiment. Un truc qui tient la route.

–   Un truc qui me ressemble surtout. En vieillissant je deviens plus sensible aux choses légères qui font écho à mon enfance et à mon insouciance. J'adore Disney !

–   Vous m'amusez beaucoup Gretchen

–   C'est déjà ça !

–   Tout semble si simple quand on vous écoute.

–   Merci. Comme je le dis souvent : « *On ne sait jamais de quoi demain…* »

À nouveau le destin décide de s'en mêler et d'empêcher Gretchen de finir sa phrase.

Une ombre gigantesque apparaît par la fenêtre de la voiture et se met à frapper.

Ce n'est donc pas une bête sauvage. Ou alors très bien dressée.

Nous sursautons de peur tous les deux.

Je lâche un petit cri très aigu qui trahit le peu de virilité qu'il me reste.

Un homme est devant la voiture !

5

Nous nous empressons de sortir, et nous nous retrouvons nez à nez avec un grand bonhomme à la voix grave, emmitouflé dans un gros manteau d'hiver et un large bonnet rouge et blanc sur la tête :

– Vous avez eu un sacré accident tous les deux. Pas de blessé ?

– Non, heureusement nous allons bien. Plus de peur que de mal.

– Mais vous semblez avoir besoin d'un petit coup de main quand même.

– Oh oui ! Quelle chance que vous soyez passé par là, Monsieur ?

– George !

– Monsieur George.

– George tout court suffira.

– Eh bien, George, je suis ravie que vous nous ayez trouvés.

– Tout le plaisir est pour moi Madame.

– Quelle chance, mais quelle chance !

Si je dérange il faut le dire…

Ces deux-là n'ont de cesse d'échanger des petits sourires et de se remercier l'un l'autre pour leur gentillesse depuis plus de cinq minutes. Je suis devenu invisible.

George nous explique posséder un chalet à quelques encablures de l'endroit où nous venons d'avoir notre accident. Il a vu de la lumière au loin et a préféré venir voir ce qu'il se passait.

Le pauvre n'allait pas être déçu.

Deux citadins, aussi maladroits l'un que l'autre, coincés dans une petite voiture de location Allemande.

Vous noterez que je parle déjà de Gretchen et de moi comme d'un duo.

Duo qui devra bientôt se séparer car, malgré notre petit accident, nous sommes bel et bien arrivés au cœur de La Creuse. Chacun de nous rejoindra sous peu sa destination et rangera ce mauvais moment derrière lui. Pourtant, je ressens comme une petite pointe de nostalgie, j'ai passé un très bon moment avec Gretchen.

Une jolie rencontre et bientôt un joli souvenir.

George nous confie que nous sommes à quelques kilomètres de la ville de Christmas land. Cette information nous fait sursauter et répondre d'une seule voix :

—   C'EST LÀ QUE JE VAIS !
—   Oui, je me doute que vous y allez tous les deux.
—   Non, non, nous ne sommes pas ensemble ! Enfin, je veux dire nous voyageons ensemble mais nous ne nous connaissons pas. Enfin maintenant si, mais il y a encore quelques heures non. Et c'est une pure coïncidence que nous

allions tous les deux au même endroit, c'est même fou…

Pendant que Gretchen se perdait dans des explications que personne ne réclamait, George pliait son grand corps en deux pour attraper le portefeuille de ma nouvelle amie qui avait volé à l'extérieur du véhicule. La carte d'identité de Gretchen lui attire l'œil presque quasi instantanément :

– Vous vous appelez Gretchen ?
– Oui…

Le silence s'installe…
J'avoue que le prénom n'est pas banal, mais de là à marquer un temps aussi long.

Bon…attendons quelques secondes…

George reprend ses esprits et rend le portefeuille à Gretchen. Puis il propose gentiment de nous conduire en ville. Il fait de plus en plus froid et les bois sont très dangereux la nuit selon lui.
Moi qui étais à deux doigts de partir seul chercher de l'aide, juste avant son arrivée, je me dis que j'ai bien fait de ne pas bouger.
Quoi ? Je vous ai prévenus que vous n'étiez pas à l'abri de quelques petits mensonges.
Quoi qu'il en soit, on ne se fait pas prier.
Et en moins de temps qu'il n'en faut pour dire « Loups affamés » nous sommes installés dans l'énorme 4x4 de George en direction de Christmas Land, qui est de toute évidence l'attraction de la région.

49

Je ne peux pas détacher mon regard de George. Malgré son air un peu bourru il se dégage de son regard une tendresse rassurante.

Et les premiers échanges avec lui confirment cette personnalité sincère et bienveillante.

Gretchen l'a d'ailleurs bien sentie car elle s'est empressée de prendre place à l'avant de la voiture. Je suis souvent malade à l'arrière, j'aurais préféré être devant...mais bon, le bénéfice de l'âge.

C'est incroyable, plus je regarde George et plus son visage me semble familier.

Ce visage aux traits doux et rassurants, ces bonnes joues roses, cette barbe naissante et blanche qui ressemble à du coton et sa voix grave...Je cherche, je ne vois pas...

Je laisse le temps faire son œuvre. Je finirai bien par trouver.

Nous traversons une épaisse forêt parsemée des premières taches blanches de neige fraîche puis je vois enfin apparaître le petit panneau portant le nom de la ville que nous souhaitons tant rejoindre : Christmas Land !

Les premières lueurs de la petite ville commencent à apparaître au loin.

Je les devine à travers l'immense pare-brise du 4x4.

Je n'entends plus la discussion entre Gretchen et George, je vois seulement que cette épaisse forêt servait de voile protecteur à cette petite ville sortie tout droit de nulle part. Un écrin de lumières scintillantes et rayonnantes remplace alors la forêt qui n'est plus qu'un sombre et lugubre souvenir.

Nous dépassons un mini vortex naturel de sapins blancs et nous voilà à l'entrée de la ville.

Une dizaine de maisons et de commerces longent un long

trottoir en pierre rouge.

Ils forment ensemble une grande et belle avenue.

Chaque parcelle a été minutieusement décorée. Chaque guirlande, chaque boule, chaque décoration a été pensée pour habiller cette ville qui semble tout droit sortie d'un téléfilm de Noël Américain. C'est incroyable !

Je m'attends à voir surgir un lutin au bonnet vert au coin de la rue ou un gros bonhomme en rouge et blanc avec son traîneau passer au-dessus de nos têtes.

Comment pouvons-nous ignorer l'existence de ce lieu qui est un hommage direct à Noël et à ses traditions ?

C'est de la folie !

Christmas Land est un endroit dingue sorti tout droit d'un conte de Noël de Dickens, dopé aux sucres d'orge et aux décorations démesurées :

– Vous devez penser que le nom de notre petite ville sonne comme une farce, hein Franck ?

– Ce n'est pas commun, c'est certain. Un nom Anglo-Saxon pour un village Français. Qui plus est pour une saison qui ne dure que quelques jours.

– Ici nous prenons Noël et les fêtes très au sérieux. Vous devez savoir que cette petite ville a été fondée il y a à peine cent ans par un couple d'Américains amoureux de la France. Ils rêvaient d'y reproduire fidèlement la petite ville de leur enfance.

– C'est réussi !

– Oui, sauf qu'ils n'ont malheureusement jamais vu le résultat. Ils étaient très âgés et sont tous les deux morts avant la fin des travaux. Ce sont leurs enfants et petits-enfants qui ont décidé d'achever leur œuvre.

–   Leur projet fou vous voulez dire ?

–   On peut le voir comme ça, c'est vrai. Mais chaque année nous leur rendons hommage lors de l'illumination du grand sapin de la ville.

Ok, il n'y a plus de doutes, je suis dans un film de Noël ! L'idée d'une farce géante me traverse l'esprit quelques instants, mais c'était avant d'arriver dans le petit restaurant de la ville.

Là nous attend un couple de restaurateurs, préalablement prévenu de notre arrivée par George, qui nous ont gentiment préparé un copieux repas pour nous réchauffer et reprendre des forces.

6

En descendant laborieusement du gros 4x4, je suis à la fois impatient et presque intimidé à l'idée de rentrer dans le restaurant.

D'extérieur, il ressemble à un petit chalet typique de montagne. D'après George, les propriétaires recherchent à chaque nouvelle saison des idées de décorations originales et détonantes.

Cette année le thème est : « Un Noël givré au chalet ». C'est avec l'aide de George, qu'ils ont imaginé une double façade en bois qui vient recouvrir les murs d'origine. Peinte d'un joli bleu clair, elle confère au restaurant cette impression incroyable de petit chalet égaré au sein d'une ville très, voir trop, scintillante.

Sur le toit on aperçoit des bonshommes de neige qui font du ski de fond et de la luge. Sur le bord des fenêtres, ils ont ajouté des auvents en bois qui donnent de la profondeur à leurs décors. Tout cela surmonté de fausses stalactites. Waouh ! C'est dingue.

Ils sont perchés, doués, mais perchés !

Si je n'étais pas intolérant au lactose, je me laisserais volontiers aller à la dégustation d'une énorme raclette ou d'une copieuse fondue Savoyarde comme j'en vois inscrite sur leur menu extérieur.

Le couple de restaurateurs…. Je reprends. Le CHARMANT couple de restaurateurs nous attend paisiblement.

« Charmant » n'est absolument pas galvaudé ici. Leurs sourires sont visibles à des kilomètres à la ronde. Leur bonhomie, leur gentillesse et leur accueil, qui peuvent paraître « too much » pour un citadin un peu coincé comme moi, sont la pierre angulaire de ce charmant « Home Made ». Oui c'est comme ça qu'il faut dire :

– Nous aimons ce terme car tout ce que vous trouverez chez nous, c'est du fait maison. Tous les produits viennent des exploitations voisines. Nous travaillons en circuit court et ne proposons que des produits frais et de saison.

Il me vient à l'esprit cette réflexion intérieure, cette angoisse devrais-je dire : ne serais-je pas tombé dans une secte dissimulée sous un milliard de bonbons à la menthe et de guirlandes lumineuses ?
Un village dont les habitants auraient décidé un jour de s'affranchir des réseaux sociaux, des chaînes d'informations en continue et de toutes les choses négatives qui peuvent enlaidir notre quotidien, pour vivre dans un mini monde meilleur où tout ne serait que bonheur, entraide et partage.

Une telle situation serait-elle vraiment viable ?
Peut-elle vraiment exister ?
Est-il possible de sourire autant de fois dans une journée sans

risquer la rupture de zygomatiques ?

Mon angoisse finit par s'évaporer et je me joins à Gretchen pour remercier nos hôtes et nous installer à une table. Le restaurant est vidé de ses clients. Il est tard, très tard. Trop tard. Mais nous mourons de faim.

— Vous êtes les bienvenus ! Je m'appelle Mika, je suis le cuisinier. Et à côté c'est Mathilde, ma charmante femme, et patronne ! On nous appelle les « 2M ».

— N'en fais pas trop non plus, tu vas les effrayer !

— Nous sommes ravis de vous accueillir.

Je souris bêtement en attendant une réponse de Gretchen ou de George. C'est au bout de quelques secondes et après un long silence que je comprends qu'il s'adresse à moi :

— Euh…oui, je suis ravi également… ?

— Vous êtes Franck, le neveu d'Alice, n'est-ce pas ?

— Oui...

— Je vous aurais reconnu entre mille. C'est étonnant mais, j'ai l'impression de vous connaître ! Alice nous a tellement parlé de vous.

Je suis stupéfait !
Ces gens fréquentaient ma vieille tante Alice. Puisqu'ils savent qui je suis, ils doivent avoir une idée de la raison de ma visite.

— Ça a été un coup dur pour tout le monde ici de perdre une femme d'une telle gentillesse. Mais c'est une bonne chose que vous soyez venu si rapidement prendre le relais de ses affaires.

   – Pour être honnête, je suis surtout venu voir ce fameux cottage dont tout le monde me parle depuis deux jours. Je voudrais aussi rendre un dernier hommage à ma tante.

   – Excusez-moi, bien sûr, c'est normal. Notre ville est petite mais nos bouches sont grandes. Tout se sait par ici. Je ne voulais pas vous mettre mal à l'aise.

Alors mal à l'aise, non. Mais surpris, oui.

Je comprends au silence pesant qui envahit la salle en bois clair, que je viens de provoquer un état peu habituel chez ces personnes si ouvertes et si accueillantes :

Un gros malaise !

Je reprends donc très vite mes esprits et brise le silence en leur expliquant qu'il n'y a aucun souci, bien au contraire, et que je suis touché non seulement par leur accueil, mais surtout par le fait de rencontrer des personnes qui ont connu et apprécié ma tante.

Après cet échange étonnant, je me rue sur le potage aux légumes et à la cannelle servit par nos hôtes, accompagné de son chocolat chaud. Étrange association me direz-vous. Certes, mais beaucoup moins écœurant qu'il n'y paraît, je vous assure.

De toute façon, j'ai tellement faim que je pourrais avaler n'importe quoi.

Je suis à la fois épuisé et abasourdi.

George ne manque pas de remarquer cet état un peu végétatif et déconnecté.

Il s'assure alors que j'ai de quoi me reposer pour la nuit :

– Oui ne vous inquiétez pas j'ai réservé une chambre au Christmas Hill.

Le nom vous étonne ? Laissez la magie entrer en vous, vraiment, il est temps car ce n'est que le début.

– Vous verrez c'est charmant, et vous ne vous perdrez pas c'est juste en face.

– C'est super, merci beaucoup Mathilde. Excusez-moi d'être si peu loquace mais je suis épuisé...

– ...et peut-être un peu scotché par toutes ces lumières non ? Nous prenons Noël très au sérieux ici.

– J'ai cru comprendre, oui.

J'échange un sourire complice avec Gretchen, qui me fait un clin d'œil d'approbation en retour. Elle semble très amusée par la situation.

Et c'est donc réconforté par ce repas de bienvenue, englouti en cinq minutes, que je décide de prendre congé de mes hôtes pour rejoindre ma chambre d'hôtel :

– Et ne vous inquiétez surtout pas, j'irai chercher votre voiture demain et la remorquerai jusque chez le loueur.

– Merci mille fois George, mais je tiens à vous accompagner.

– Arf, ne dites pas de sottise, vous avez sûrement beaucoup de choses à faire demain avec le cottage. Et puis ce sera vite fait. Retrouvons-nous ici dans la journée pour un bon chocolat chaud et nous réglerons tout ça.

– Avec plaisir ! À demain alors. Et merci à tous !

Me voilà donc parti à l'assaut de cette immense avenue afin de rejoindre le petit hôtel qui se trouve juste en face du restaurant.

La décoration vue de l'extérieure est simple, à peine quelques guirlandes lumineuses.

C'en est presque décevant.

Arrivé à hauteur de l'entrée une note est affichée : « *Bonsoir Franck, vous trouverez la clé de votre chambre dans le coffre sur votre droite. Le code pour l'ouvrir est le 52598284. Votre numéro de chambre est indiqué sur la clé* ».

Pardon mais, c'est moi ou niveau discrétion on est sur un bon zéro pointé ?

Je n'ai pas une si haute opinion de ma personne qui pourrait m'autoriser à réclamer un traitement de faveur particulier, mais j'attends quand même un minimum de sécurité dans un hôtel où je suis client.

Il y a un souci non ?

C'est dingue !

Pourquoi ne pas avoir inscrit mon numéro de Carte Bleue et mis une photo de moi sur la porte pendant qu'ils y étaient ?

Ils n'ont vraiment pas peur des squatteurs ici.

Et aussitôt, mon esprit enclenche comme une prise de conscience interne et tourne aussitôt en dérision les dernières pensées qui viennent de traverser ma tête de linotte.

Des squatteurs à Christmas Land !!!

Mais quelle idée !

Ça doit être la fatigue. Je vais me calmer.

Je prends la clé dans le coffre.

Chambre 30B au premier étage.

Je suis étonné de ne pas trouver d'autre clé ou un code pour la porte d'entrée principale, mais la porte n'est pas verrouillée et il suffit d'appuyer sur la poignée en cuivre pour arriver directement dans le hall de l'hôtel, au pied de l'escalier qui mène aux chambres.

Un sapin est encore allumé dans le salon attenant à l'entrée, mais il fait sombre.

Je ne m'attarde pas trop et commence à gravir deux à deux les marches de l'escalier comme pour éliminer le repas que je viens d'engloutir.

On se déculpabilise comme on peut !!!

À mi-chemin je suis pris d'un doute.

Dois-je verrouiller la porte ? Je suis sans aucun doute le dernier arrivant…

Allais-je laisser les occupants de l'hôtel, et moi-même par extension, en proie aux éventuels délinquants en collants rouges de cette ville ? Ou allais-je nous sauver d'un réveil trop brutal ou peut être d'une mauvaise surprise en pleine nuit ?

Ma prudence, peut-être exagérée, me pousse à rebrousser chemin et à fermer les deux loquets situés en haut et en bas de la porte d'entrée.

C'est bon, nous sommes tous à l'abri !

Je rejoins ma chambre, fier de mon exploit.

Un grand lit King size trône au milieu de la pièce. Une cheminée près de la fenêtre cache une autre porte en bois donnant sur une salle de bain et ses toilettes.

Un petit sapin est installé à côté de la porte d'entrée.

Tout y est mignon.

Un gros fauteuil en tissus blanc disposé face à la cheminée attire mon attention. J'y devine une couverture épaisse à carreaux rouges et verts, couleurs tartan Irlandais, qui attend que je vienne m'y blottir.

Je ne me fais pas prier et m'installe confortablement.

Je commence à digérer cette journée un peu folle.

Mais j'aperçois très vite une lumière clignotante et incessante qui provient de l'extérieur.

Ce ne sont pas une, mais des dizaines de guirlandes scintillantes installées au-dessus de la grande avenue qui éclairent ma chambre et pourrissent gentiment son ambiance cosy.

L'une d'entre elles en particulier laisse apparaître un compte à rebours festif.

« Nous sommes à 7 jours du réveillon de Noël, belle journée à tous ! ».

Le chiffre est d'une couleur différente des autres lettres pour sa mise à jour quotidienne.

Je vais devoir composer avec cet éclairage intempestif qui, même rideaux tirés, donne à cette petite chambre un air de boîte de nuit des années 90.

Anthony n'est pas là pour crier « Au scandale ! » et se précipiter vers le responsable et lui sauter au cou avant d'arranger les choses. Un rôle que je lui cède volontiers et pour lequel il est bien plus doué que moi.

Je suis épuisé et n'aspire qu'à une seule chose, rejoindre les bras de Morphée.

Demain sera un autre jour…. Alors, une douche, les dents, pipi et au lit !

7

La nuit fut courte ! Très courte. TROP courte. Cette satanée guirlande lumineuse n'a pas cessé de clignoter et de mettre mon cerveau en ébullition toute la nuit.

Je n'ai trouvé le sommeil qu'aux premières lueurs du jour et n'ouvre donc mon premier œil d'insomniaque que très tard en fin de matinée.

Donc, je suis à la bourre.

Ça commence mal entre nous Christmas Land !!!

Après une douche rapide, je tente d'appeler mon chéri. Mais la météo est mauvaise à l'autre bout du monde et je ne parviens pas à le joindre.

Je suis contrarié.

Il me faut ma première dose de caféine de la journée. La plus vitale pour beaucoup d'entre nous, il faut bien l'avouer.

Il m'est tout à fait possible d'être à la fois bougon, râleur et d'une mauvaise foi à toute épreuve avant mon premier café. Parfois même les trois à la fois. Donc oui, je suis infréquentable le matin. Mais il va falloir faire un effort car « les frères et sœurs sourires » de Christmas Land seront forcément de sortie, prêts à dégainer leurs plus belles dentitions.

Je prends une grande inspiration en enfilant ma doudoune et une grosse écharpe. J'esquisse un large sourire face au miroir près de la porte.
Non trop, beaucoup trop.
Ça fait faux.
On redescend légèrement les coins de bouche et les pommettes. On montre moins de dents. Et voilà ! Ça ira pour une première matinée.

Je croise quelques personnes qui déambulent dans l'hôtel. Porté par mon exercice du miroir, je leur réponds avec mon plus beau sourire travaillé, qui ne sera totalement sincère qu'après un bon petit déjeuner.
Au bas de l'escalier, j'aperçois Mika, le restaurateur, qui torture la porte d'entrée :

— Bonjour Mika !
— Oh bonjour Franck, vous avez bien dormi ?

Suis-je honnête ?
Suis-je poli ?

— Comme un bébé, merci…

Quoi ? Vous auriez tous fait pareil.

— …mais j'ai besoin d'un bon café.
— Alors traversez vite la rue et demandez à Mathilde de vous en servir un tant qu'il est encore chaud. Le temps pour

moi de réparer cette foutue porte et je vous rejoins.

– Que s'est-il passé ?

– Quelqu'un l'a malencontreusement fermé de l'intérieur. Du coup, je n'ai pas pu rentrer ce matin pour servir les petits déjeuners.

– OH !

Oui « *OH* ».

Un « *OH* » qui apostrophe la malheureuse situation engendrée par ma maladresse.

– Pourtant on avait laissé un petit mot sur la porte. Avez-vous trouvé le vôtre pour la clé ? Tout s'est bien passé ?

– Oh la la ! Hein ? Oui ! Pardon. Oui j'ai tout trouvé merci. Mais vous vous occupez aussi de cet hôtel ?

– Oui, avec Mathilde. Nous avons ouvert à nouveau le « Christmas Hill » il y a quelques semaines quand Alice nous a quittée. Le cottage étant fermé pour travaux, il nous fallait un lieu pour accueillir les nombreux touristes qui assistent à nos festivités.

– Alors ça…

– Je ne vous cache pas que l'on compte sur l'ouverture prochaine du cottage pour nous soulager un peu.

– Je comprends...

– Mais ce n'est pas le propos. Filez vite prendre votre café pour retrouver le sourire.

Ça se voit tant que ça ?
Peut-être ont-ils un radar à sourires programmé dans leurs cerveaux de gens heureux.
Vite mon café !!

63

Je quitte Mika, mais en lui tournant le dos je suis saisi par un énorme sentiment de culpabilité.

Comment avais-je pu louper ce mot sur la porte ?

J'étais tellement fatigué et concentré sur ma personne, et ma clé, que je suis totalement passé à côté.

Je ferai mon mea culpa plus tard. Promis. Arriver dans une petite ville aussi accueillante et commencer par tout chambouler n'est pas forcément la meilleure manière de faire bonne impression.

Surtout avec Mathilde et Mika qui ont été si accueillants et si gentils.

Mais si nuls dans la décoration de leur hôtel.

Tenir les coupables de ce loupé dans la décoration d'un lieu public comme celui-là, dans une petite ville où le moindre centimètre carré n'échappe pas aux boules, gros nœuds rouges et autres fanfreluches pailletées, c'est comme passer les menottes au plus grand criminel de l'histoire.

Oui l'image est un peu forte. Vous avez raison. Je vais redescendre un peu.

Je rejoins rapidement le Home Made encore plus mignon en plein jour.

Il tranche avec le décor de l'hôtel.

George devait être occupé le jour où ils l'ont décoré.

Le soleil radieux qui illumine la ville a permis de sortir quelques petites tables et quelques braseros. Les touristes peuvent déguster leurs boissons et petits déjeuners tout en profitant de ce très beau temps.

— Oh bonjour Franck, je suis à vous dans deux minutes, installez-vous !

— Merci Mathilde, prenez votre temps...

Elle n'a pas entendu la fin de ma phrase, la vitesse à laquelle elle s'est enfuie portant son plateau empli de tasses et mugs vides dans la cuisine, ne le lui permettait pas. Elle court partout. Je regarde autour de moi et je vois des gens heureux et souriants. Une famille avec leurs deux enfants mangent des gaufres au chocolat surmontées de fruits frais et de chantilly. Un couple de personnes âgées boit tranquillement un thé, amusé par les enfants de la table voisine, en train de pester contre un peu de chantilly sur le bout de leurs nez.

Tous ont l'air de bonne humeur.

Tous ont l'air si déconnecté du réel.

Tous ont l'air si loin de l'état d'esprit qui m'habite.

– Voilà, je suis à vous. Vous avez bien dormi ?
– Comme un bébé.
– C'est vrai ? Je craignais que la guirlande lumineuse ne vous dérange. Je suis soulagée. C'est la dernière chambre qui nous restait, nous avons été pris de court à l'annonce de votre arrivée.
– Je vous remercie, tout s'est bien passé.
– Les prochaines nuits seront meilleures, vous serez chez vous.
– Chez Alice vous voulez dire…
– Oui, pardon, c'est ce que je voulais dire. Bon qu'est-ce que je vous sers... ??
– ...sers lui un bon café bien chaud !

C'est Mika qui vient d'entrer dans le restaurant.

– Oui ce sera parfait merci.
– Avec des croissants maison ?

– Si vous me prenez par les sentiments.

– Je vous amène ça de suite et toi Mika, file en cuisine. C'est la course ici.

C'est une danse incessante d'allers et retours des clients dans le Home Made. Un serveur et une serveuse épaulent les propriétaires qui courent partout : ventes à emporter, dessertes, plateaux, plats, boissons...c'est une joyeuse cohue gourmande !!

Mon téléphone sonne. Je me précipite dessus pensant qu'il s'agit d'Anthony qui a pu récupérer un peu de réseau :

– Franck ? Bonjour je suis Delphine l'avocate de votre tante Alice !

Loupé !

Notre rendez-vous à midi au cottage est confirmé. Je lui promets de la rejoindre au plus vite en m'excusant par avance d'un léger retard. Mais sa voix, qui me paraissait d'abord lointaine au téléphone, semble de plus en plus proche.

– Bonjour, je me doutais que c'était vous. Prenez votre temps, je suis également en retard, nous pourrons y aller ensemble si vous le souhaitez ?

Delphine, la jeune avocate, se trouve également dans le Home Made en compagnie d'un petit garçon, les cheveux hirsutes, les joues roses, dévorant un énorme cupcake. Il sourit à sa mère et agite sa main au loin dans ma direction pour me saluer.

– C'est mon fils, Cédric, il est en vacances et il m'accompagne aujourd'hui.

– Très bien. Je vous rejoins dès que j'ai fini, si cela vous convient ?

– Parfait, ainsi je ferai le relais de Monsieur Ray et je vous fournirai les explications nécessaires. À tout à l'heure.

Je regarde la jeune femme d'une trentaine d'années, à peine, se dépêcher de retourner auprès de son fiston. Je les observe un instant. Je comprends qu'elle lui fait une grimace, ce qui provoque l'hilarité immédiate du petit gourmand. Je devine qu'elle est une femme moderne et dynamique. Son carré plongeant et son allure lui confèrent un air strict et professionnel. Je ressens immédiatement le problème de ces jeunes femmes qui doivent déguiser leur jeunesse pour rester crédibles face aux clients misogynes ou plus âgés qui pourraient leur reprocher un manque d'expérience.

En quittant leur table, Delphine bouscule le serveur puis renverse une assiette déposée en bordure d'une table voisine. Le petit Cédric est alors pris d'un fou rire incontrôlable. Je ressens immédiatement de la sympathie. Serait-elle aussi maladroite que moi ?!?

C'est là sa pointe d'humanité.

Je sais alors que je peux avoir confiance et qu'Alice ne l'a sûrement pas choisie par hasard.

– Et voilà ! Un grand café bien chaud et quelques viennoiseries et confitures maison !

– Mais c'est trop Mathilde, je vais exploser.

– Un petit déjeuner copieux pour une journée bien

remplie ! Mangez ce que vous pouvez.

—   Merci beaucoup. Tant que je vous tiens, je voulais dire que pour la porte d'entrée de l'hôtel je suis...

—   N'en parlons plus...

Bien sûr ! Personne n'était dupe...j'étais démasqué depuis le début !
Je présente de nouveau mes excuses...un peu honteux.

En quelques minutes, j'engloutis mon café, un croissant et un muffin vanille pépites de chocolat. Les restaurateurs m'invitent à « *prendre mon temps et à profiter de la magie de Noël* ». Je les remercie de leur attention, mais j'ai hâte d'avancer dans ma journée. Direction le cottage !!

—   Cédric, enfiles ton manteau, ton bonnet et ton écharpe. On y va !

La fermeté soudaine de Delphine suggère son souhait de bien faire comprendre qu'elle est ici en tant que professionnelle et pas seulement comme mère de famille.
Mais c'était sans compter sur la répartie extraordinaire de son loulou, haut comme trois pommes, qui me glisse à l'oreille :

—   Elle fait la dame un peu plus méchante parce que t'es là ! Elle veut faire celle qui dirige, donc je fais comme si je l'écoutais.

Je sens Delphine à la fois gênée, fière et amusée par la réaction de son fils.
Bien qu'elle nous entende, je fais part de mon amusement à

Cédric et lui fais la promesse que ce sera notre secret.

Delphine m'invite à les suivre, mais je m'en détourne quelques secondes pour saluer Gretchen qui vient de faire son entrée dans le restaurant :

– Bonjour Gretchen, vous avez bien dormi ?
– Pas assez ! Trop de silence pour une citadine. J'ai besoin d'un bon café sinon je n'arriverai jamais à satisfaire tous les sourires qu'impose cette ville.

J'aime cette femme. C'est définitif !

– Et vous ? La nuit a été bonne ?
– Hormis un petit souci de guirlande rebelle, ça a été.
– Je vois ! Vous filez voir votre cottage ?
– Oui, et je ne suis pas en avance.
– Je ne vous retiens pas plus, mon café m'attend et j'ai du boulot aussi.
– Ah oui ?
– Tout comme vous, je suis en mission !

Intrigué, elle consent à lever légèrement le voile sur son mystérieux retour. Elle est à la recherche d'un ancien amour de jeunesse perdu. Une personne importante pour elle.
Je lui souhaite de le retrouver.
Mais je n'en saurai pas plus pour le moment car nous sommes interrompus par Mathilde :

– Gretchen, on y va ? Franck, embrassez le cottage pour nous. Nous y passerons plus tard. C'est un lieu que nous adorons. Alice était un peu comme notre mamie à tous...

Profitez bien !!

Je la remercie, salue les deux femmes et rejoins Delphine et Cédric qui m'attendent à l'extérieur.

8

Il n'aura fallu que quelques minutes pour rejoindre le cottage qui se trouve à quelques mètres en sortie de la ville. Je peux même encore apercevoir la grande guirlande de l'avenue principale au loin.

Me voilà donc face à lui ! Mon héritage !

Une grande bâtisse de bois blanc, surmontée d'un toit d'ardoises grises. Une clôture en bois délimite le périmètre entre le jardin et la route. Une longue allée de briques rouges mène jusqu'au long porche qui entoure toute la maison.

Elle me fait penser à ces maisons typiques du sud des États Unis en Louisiane ou en Géorgie. Une bâtisse imposante qui semble avoir traversé les époques et vécu de grandes histoires. On est bien loin du taudis auquel je m'attendais.

Je suis agréablement surpris, presque sous le charme.

Je m'étonne de voir autant d'ouvriers et de personnes aller et venir dans la maison :

    — Votre tante était en train de rénover le cottage. C'est une référence dans la région, tant pour les touristes passionnés par Noël que les habitants du coin. Elle souhaitait moderniser la décoration et refaire une partie des installations électriques et la plomberie. N'est-ce pas magnifique ?

Je suis bouche bée.
Comment Alice avait-elle pu garder le secret de cette ville et surtout de ce lieu hallucinant ?
Je ne me sens pas à la hauteur.
Je réponds poliment à Delphine qui comprend tout de suite que je me sens dépassé.
Elle m'invite à passer le portail afin de rejoindre l'entrée principale. Je fais quelques pas dans l'allée de briques rouges qui traverse le jardin.
Mais c'était sans compter sur une mini plaque de verglas qui en avait décidé autrement. Et oui, encore une !!!
Me voilà de nouveau projeté en arrière, les quatre fers en l'air et la tête qui vient frapper le sol gelé.
Je vis la même scène qu'à l'aéroport. Mais, cette fois-ci mon esprit est chamboulé.
Je suis emporté dans un tourbillon d'images et de pensées agréables.

J'ouvre les yeux et c'est Alice que je vois ! Elle est devant moi !

– Mon Dieu que tu es maladroit mon Franck ! Allez relève-toi vite, tu vas te salir !

Vous l'avez compris, la chute est comme une deuxième nature chez moi.
J'ai toujours chuté, je chute encore et je chuterai toute ma vie.
Je ne suis pas résigné, tout au plus fataliste.

Chaque trottoir, bosse, malfaçon a raison de moi et de mes grands pieds maladroits.

– Viens voir ce que j'ai préparé.

Alice me désigne alors un grand plat à tartes.

Nous sommes à l'été 92, j'ai dix ans et je suis dans la maison de campagne qu'Alice possède depuis peu dans le Perche. Un vieux corps de ferme perdu au milieu des champs. Sur le terrain, en face de la propriété, se trouve une vieille caravane blanche dans laquelle je dors car la pièce principale est trop petite pour y caser deux lits.

Certes la maison est immense, mais en mauvais état. C'est le deuxième été que je passe ici avec elle et j'adore ça. Nos journées se résument à de longues promenades si le soleil n'est pas trop chaud, et à la confection de tartes à la rhubarbe et aux mûres.

Alice essaye de faire quelques menus travaux, mais se laisse vite emporter par l'atmosphère bucolique et champêtre de la saison. C'est son petit havre de paix, comme elle aime à le dire. Elle me répète sans cesse qu'elle continuera de tout arranger plus tard quand je ne serai plus dans ses pattes.

Sa façon à elle de dire qu'elle tient à moi et que nos moments à deux lui sont précieux.

Je ressens le même plaisir, ces journées en sa compagnie sont précieuses pour moi aussi.

Le village le plus proche est à trente minutes à pied et nous y allons pour nous ravitailler, c'est aussi l'occasion de faire le plein de bonbons !

Je revois la route de campagne au milieu des champs de blé que nous devions traverser pour rejoindre le village.

Je sens à nouveau les odeurs de la campagne sauvage. Une fusion de bouses de vaches, de blé coupé, de fleurs des champs, de mûres fraiches que l'on cueille le long des chemins.

Hier à la ville nous avons assisté au feu d'artifice du 14 Juillet et au traditionnel défilé de chars préparé par les agriculteurs et familles de la région. Des tracteurs promènent des remorques en bois sur lesquelles sont posées des constructions éphémères de fleurs censées célébrer l'été et la fête nationale.

Sur chaque char, les enfants s'agitent, saluent la foule et distribuent fleurs et bonbons.

Je les envie et rêve d'être à leur place. Ma façon de combler cette frustration est de reproduire avec mes Legos de superbes défilés, dès mon retour à la ferme.

Ma tante Alice les admire et me félicite sans cesse pour mon imagination :

    – Enregistre toutes ces belles images et ne cesse jamais de les rendre vivantes. Tu me le promets ? Hein mon petit Franck ?

Je me souviens de ses paroles. De son sourire.

Et comme un voile qui se lève, sa voix se fait de plus en plus lointaine. Les couleurs s'effacent. Je quitte à nouveau cette époque merveilleuse pour revenir à Christmas Land.

    – Franck ? Vous allez bien Franck ? Répondez-moi !

Le visage paniqué de Delphine fait son apparition. Des ouvriers sont à ses côtés.

Je vois également la petite bouille de Cédric, un peu étonné par la situation :

–   Oui, oui, je vais bien. Pas de panique.
–   J'ai eu si peur pour vous…
–   J'étais avec Alice, tout va bien !

C'est en découvrant le visage stupéfié de Delphine que je reviens doucement dans le réel et comprends que mes propos lui paraissent tout d'un coup incohérents :

–   Dans un rêve, voulais-je dire. Un souvenir ! J'ai perdu connaissance.
–   Vous avez perdu connaissance ? Nous allons vous conduire aux urgences.
–   Pas besoin ! Je vais très bien ! Je suis juste maladroit et ça ne se soigne pas.
–   Vous êtes sûr de vous ?

Je les rassure puis les ouvriers reprennent le chemin de la maison pour poursuivre leurs travaux.

Nous remontons enfin la petite allée de briques rouges et arrivons devant l'imposante entrée. Elle se compose de deux énormes portes en bois massif dans lesquelles sont incrustés des vitraux blancs qui forment de grandes roses, les fleurs préférées d'Alice.

En entrant dans le cottage je suis d'abord surpris de constater le bon état du bâtiment, Delphine m'explique que les travaux sont presque terminés. Je songe qu'Alice, à quelques jours près, ne verra pas son cottage rénové.

–   Il reste quelques coups de peintures, d'après le chef

de chantier. Tout sera prêt d'ici 24h pour l'ouverture. Enfin, je veux dire, pour ouvrir le cottage quand vous serez prêt à le faire.

Nous nous installons dans le grand salon tout de suite à gauche de l'entrée.
Une immense cheminée trône sur le mur du fond.
Nous prenons place dans de gros fauteuils disposés autour du foyer
Delphine invite Cédric à jouer un peu plus loin.
Il s'exécute, sans broncher, avec le même sourire taquin.

   –   Je suis en retard et je ne pourrai pas rester longtemps, mais j'ai avec moi tous les documents pour la succession et les dernières volontés de votre tante.

Delphine mentionne avec insistance que ma tante m'avait désigné comme étant l'unique successeur du cottage et qu'elle était persuadée que je serais sensible à l'entreprise mise en place pour la restauration de ce magnifique lieu.
Mouais...
Alors oui, j'y suis sensible. Mais là, tout de suite, je suis surtout dépassé.
Voire paniqué !
Je précise à Delphine qu'un peu de temps me sera nécessaire pour examiner et comprendre tous les documents pour mettre le cottage en vente :

   –   VOUS VOULEZ VENDRE ???
   –   Écoutez, je ne sais pas encore. Je dois réfléchir à tout cela à tête reposée. Comprenez que c'est très soudain et...

–   ...non non vous avez raison. Prenez tout le temps qu'il vous faut. Je suis à votre entière disposition Franck et je pourrais vous aider dans votre recherche si besoin. Et puis, la magie de Christmas Land est toujours présente, elle pourrait vous surprendre.

Comme si la vie était aussi simple.
Peu importe, je compte bien profiter du moment présent et rester ouvert à toutes les opportunités.
Pour la mémoire d'Alice, je ferai ce qui me semble le mieux pour cet héritage.
Après tout, je ne dispose que de quelques jours avant de rejoindre Paris, la vente me semble l'acte le plus approprié à cette situation.

L'avocate et son fils se retirent après avoir consulté le chef de chantier pour s'assurer que je pourrai y dormir dès ce soir avec le confort nécessaire à cette période glaciale :

–   Tout sera fini d'ici ce soir Mr Franck, rassurez-vous !
Il ne restera que des petits détails mais qui sont d'ordre esthétiques. Cette vieille bourrique est de nouveau solide comme un roc.

Me voilà rassuré.
Je m'attarde peu pour ne pas nuire à la bonne marche des travaux.
Je fais un tour de propriétaire pour faire connaissance avec les lieux.
Le rez-de-chaussée se compose de deux salons, d'une immense cuisine et d'un grand hall d'accueil.

En haut du grand escalier je découvre six grandes chambres prêtes à être louées. Elles sont toutes aménagées avec goût et possèdent leurs propres salles-de-bain. Au bout d'un grand couloir, isolée des autres pièces, je découvre une septième chambre, avec une salle de bain magnifique, une cheminée. On y retrouve également de grands rideaux de couleur Bordeaux qui rappellent ceux des Théâtres à l'Italienne avec une vue apaisante sur le grand jardin qui se trouve à l'arrière de la maison. Ma chambre !!! C'est peut-être ça la magie de Noël après tout... Houlala. STOP. Ça ne va pas du tout ! Je manque de sommeil. Ne te laisse piéger Franck. Garde la tête froide !!

Je répète tout cela dans ma tête comme un mantra ridicule pour ne pas succomber de suite aux charmes indéniables de ce lieu qui me plait de plus en plus...

Allez, il est temps de retourner en ville pour chercher mes affaires à l'hôtel et voir si George, qui devait s'occuper de la voiture de location, est de retour.

J'informe le chef de chantier de mon retour en fin de journée. Celui-ci me salue et me donne rendez-vous à l'illumination du sapin de la ville qui aura lieu un peu plus tard dans la journée. J'acquiesce sans savoir de quoi il parle et en me dirigeant vers la ville je songe à aller voir Alice...bientôt, quand je serai prêt.

9

Au fur et à mesure que je remonte tranquillement vers la ville, le calme se fait en moi. Je m'amuse de la rapidité des évènements et de la façon dont j'y ai fait face.

Ma rencontre originale avec Gretchen puis notre arrivée chaotique à Christmas Land, secourus par George, pour découvrir au final que ma compagne de voyage se rendait dans la même ville que moi. L'enchainement des rencontres, l'accueil des habitants puis la propriété que me confie Alice. Je me sens serein malgré ce tourbillon dans lequel je suis embarqué depuis moins de 24h. J'ai le sentiment d'être chez moi. Je me sens bien.

On lit souvent dans les livres de développement personnel, dont je suis particulièrement friand ces dernières années, qu'il est important de trouver son chemin. De suivre sa voie. Ou de s'attacher le plus possible à la retrouver, si l'on s'en est écarté.

Il peut y avoir des chemins de traverse ou des ronds-points de l'existence qui nous font perdre notre orientation, comme le disait justement Gretchen.

L'essentiel serait de respecter cette voie tracée et de la suivre tout au long de notre vie.

Serais-je sur un chemin de traverse ou bien serais-je dirigé sur une route que j'avais abandonnée ? Cela m'intrigue.

Comme quoi, ils peuvent servir ces bouquins au final.

La vibration de mon téléphone interrompt ma rêverie. C'est Anthony !

– Je suis tellement content de t'entendre.
– Moi aussi mon chéri. Tout va bien ?
– Je vis une aventure de dingues depuis hier, mais tout se passe bien.
– Ok. Tu as vu le cottage ? C'est comment ?
– Grand ! Très grand !
– Ah bon ? A ce point ? Qu'est-ce que tu vas faire du coup ?
– Je ne sais pas encore.
– Ne prends pas de décision trop hâtive, laisse-toi du temps. Noël n'est que dans une semaine. Et moi je suis bloqué ici.
– Oui, tu as raison. Tu vas bien toi ?
– Je m'ennuie et je préférerais être avec toi.
– J'aimerais tellement que tu sois là...

Nous parlons quelques minutes, ce n'est pas si souvent que nous pouvons profiter du bon fonctionnement des réseaux. J'arrive au restaurant quand notre conversation est coupée brutalement :

– Ah vous voilà Franck, comment s'est passé la visite de votre cottage ?

...c'est George !
Nous arrivons de concert au restaurant, il a les bras chargés de couvertures et de vêtements chauds. Ce qui ne manque pas de m'intriguer.

– Bien, bien, le cottage est...Mais, enfin, George, pourquoi êtes-vous si chargé ?
– Une tempête de neige arrive sur la ville, et le courant est souvent coupé au moindre caprice météorologique dans le coin, donc je préfère être prévoyant.

Pardon ? Une tempête de neige ?
Dans la Creuse ? Sérieux ?
J'ai dû me cogner la tête trop fort sur le sol tout à l'heure.

– Vous pourriez me pincer George ?
– Pourquoi diable voudriez-vous que je vous pince ?
– Laissez-moi vous aider alors.
– Oui, ça je veux bien.

Nous entrons dans le restaurant transformé en QG. Les tables et les chaises sont alignées de chaque côté de la pièce, sous les fenêtres. Une rangée de tables forme un « U » au milieu du Home Made. Quelques habitants aidés par Mika et Mathilde entreposent de la nourriture pour former un immense buffet.
Salades, soupes, boissons, gâteaux, confiseries...C'est un banquet digne de l'épilogue d'un album d'Astérix.

Étonné, j'interroge Mathilde sur la suite des évènements :

– La station météo annonce l'arrivée de la tempête en fin d'après-midi. On ne connaît pas sa puissance. Nous devons faire vite pour que tout le monde fasse des provisions ne sachant pas combien de temps nous devrons rester enfermés.

Ces victuailles devaient servir à la grande soirée de l'illumination du sapin.
Je propose mes services :

– Vous savez fourrer des biscuits ?

Et merde !!!

Me voilà donc affublé d'une poche à douille, prêt à fourrer le moindre cupcake ou le plus petit chou.
Ganache montée au chocolat, crème pâtissière classique, à la rose ou à la cannelle. Je passe par toutes les saveurs préparées par Mathilde et son équipe. Je laisse traîner mon index de temps à autre par ci, par-là, histoire de récupérer une goutte qui pourrait s'échapper d'un ustensile, régalant mon estomac de gourmand.
C'est mal. Hou que c'est mal.
Mais c'est tellement bon.
Et si la plus terrible des tempêtes venait à passer au-dessus de nos têtes, croyez-bien que je resterais accroché à cette poche à douille comme une moule à son rocher.
Prendre le temps de préparer avec soin de telles pâtisseries alors que tout le monde court autour de nous, relève de l'absurde. A croire qu'à Christmas Land, les palais des habitants sont fins et exigeants !

Pas un seul paquet de gâteaux ou des cakes provenant du supermarché. Non !
Tout est fait maison et préparé avec soin. J'ai l'impression d'être dans un autre temps.
Mais je continue de faire ce qu'on me dit.
Je garde mes réflexions et je continue de pâtisser.
Les tâches répétitives finissent par me fatiguer. Je m'ennuie.
Heureusement, c'est le moment que Gretchen choisit pour apparaître dans l'entrebâillement de la porte. Je suis sauvé !
Je cours vers elle comme vers une vieille amie dont le simple sourire me fait oublier mon ennui. Je me surprends même à faire des petits bonds de garçon de huit ans heureux de retrouver sa copine dans la cour de récré.
Elle a accouru ici dès qu'elle a su qu'une tempête fonçait sur nous.
Je la sens fébrile et paniquée.
On le serait à moins. Nous sommes tous les deux les orphelins de nos grandes villes, perdus dans cette campagne d'adoption et bientôt victimes d'une mini apocalypse.

   – Venez passer la nuit au cottage avec moi Gretchen !
Ça me rassurerait de vous savoir avec moi.
   – Je n'osais pas vous le demander.

J'ai toujours vécu dans des appartements en banlieue Parisienne puis à Paris dans des chambres de bonnes. Ces dernières s'apparentaient plus à des cages à lapins qu'a des appartements.
Anthony et moi venons d'acheter notre première maison.
Une grande première pour moi.
Elle n'est pas grande, mais je ne peux toujours pas y dormir

seul sans le secours d'une petite veilleuse. Je sais, cela peut paraître ridicule, surtout à mon âge, mais j'ai la trouille. J'ai bien essayé sans, mais je cauchemarde. Comme si le passé de cette maison voulait communiquer avec moi. Entre les grincements de bois du vieux sol, les craquages du mur ou le souffle fort du vent qui s'engouffre partout, je suis apeuré. Je retrouve des sensations perdues que j'avais le soir dans mon lit d'enfant. Pétrifié par la peur, implorant les esprits imaginaires au-dessus de ma tête de revenir me hanter « *quand je serai plus grand* » !

Résultat, ils sont bien revenus !

Je me cache jusqu'à l'étouffement sous ma couette. Et cette fois avec une nouvelle demande : « *Revenez quand je ne serai pas seul, s'il vous plaît* ».

C'est pathétique !

Je suis pathétique !

Cela à au moins le mérite d'amuser Anthony.

Lui s'endort en quelques secondes, peu importe le lieu ou le fuseau horaire.

Alors que moi je lutte avec mes démons, heureusement terrassés par ma lampe magique qui veille sur moi tout au long de la nuit.

L'invitation lancée à Gretchen n'était donc pas totalement désintéressée.

Elle me demande quelques minutes pour récupérer quelques affaires dans le gîte qu'elle a loué à l'autre entrée de la ville.

George se propose de l'accompagner pour aller plus vite.

Elle ne se fait pas prier et voilà les deux comparses, de plus en plus complices, en route pour le gîte de Gretchen.

De mon côté j'en profite pour peaufiner l'installation du buffet. Il n'a de convivial que la grandeur. Depuis quelques minutes les gens ne font que passer pour récupérer quelques mets délicieux, sans trop s'attarder, de peur d'être surpris par la tempête. Mathilde et Mika, les serveurs, quelques bénévoles et moi, restons campés dans le restaurant. Les sourires se font plus rares. Les visages plus graves. Un couple de retraités évoque leur peur de voir leur vieille toiture s'envoler au premier coup de vent.

Une autre femme qui vit seule craint que sa maison ne soit rasée par une bourrasque trop puissante, elle a peur pour ses animaux.

Nous essayons de la rassurer et surtout de croire ce que nous disons pour exorciser nos propres peurs. Nous affichons des sourires d'encouragement, espérant trouver l'énergie nécessaire pour affronter cette force inconnue. Tous regrettent de ne pouvoir fêter les illuminations et allumer le sapin géant qui trône en maître dans un petit parc tout près du Home Made. Ces discussions ont au moins l'avantage de nous rapprocher et nous donner un peu plus de force.

Presqu'une heure vient de s'écouler quand les premières bourrasques se font sentir.

Je rejoins ma « chambre disco », je récupère mes affaires et la quitte sans regret !

Mathilde et Mika m'ont demandé de bien fermer les épais volets en bois de chaque fenêtre, je m'y applique en testant plusieurs fois les fermetures. Et surtout je prends soin de ne pas verrouiller la porte d'entrée.

10

Gretchen est prête !
Dans sa doudoune rose et grise, son cache oreilles vissé sur la tête et son sac à la main.
George propose de nous déposer.
Nous saluons le couple de restaurateurs, les « 2M », sans manquer d'échanger nos numéros de téléphone, nous resterons en contact et nous donnerons des nouvelles pendant la tempête. Ils resteront dans leur appartement au-dessus du restaurant en compagnie de leurs deux jeunes employés, qui habitent trop loin pour rentrer en toute sécurité. Les bénévoles nous emboîtent le pas, nous rejoignons nos abris respectifs.
Je ressens autour de moi de l'inquiétude chez tous ces pauvres gens. Tout le monde est crispé.
L'atmosphère chaleureuse de Christmas Land a basculé en quelques secondes dans un sombre cauchemar.
La neige commence à tomber et le ciel s'assombrit très vite.
Le décor prend un air de fin du monde.
Je ne peux m'empêcher de faire le parallèle avec une série imaginée par Stephen King : « *La tempête du siècle* ». J'aime les films ou les séries catastrophes.
Mais de là à en vivre une, je ne suis pas sûr d'être prêt.

Espérons que cette tempête nous apportera un joli ciel dégagé, un soleil radieux et ne fera pas trop de dégâts.

De toute façon je ne suis pas seul.

J'ai ma nouvelle meilleure copine avec moi.

Nous avons déjà vécu une aventure insolite en partageant un véhicule sans nous connaître puis en subissant une panne dans une forêt terrifiante ! Va pour une tempête !

Nous sommes à nouveau dans le gros 4x4 de George en direction du cottage.

Rectification. En direction de MON cottage.

Avant de partir, dans la pénombre d'un arbre, je remarque une ombre qui me salue. Je n'arrive pas à distinguer son visage, mais je devine son sourire étincelant.

Il doit s'agir d'une bénévole.

Je la salue également et lui rend son sourire.

Un frisson me parcourt.

Nous arrivons rapidement au cottage et Gretchen prend les choses en main :

    –   Je vais préparer un bon feu de cheminée, je suppose que vous ne savez pas comment faire ?!?

Hum hum...oui, Gretchen a raison, je n'ai jamais allumé un seul feu de cheminée de toute ma vie.

    –   J'éviterais de faire ça si j'étais vous, vous devez laisser la trappe d'enfumage fermée. Au moins pendant les premières heures de la tempête. Par sécurité.

Ah oui ce qu'il dit est pertinent...

– Balivernes, nous fermerons la trappe et éteindrons le feu si le vent s'engouffre, pour le moment il faut réchauffer cette vieille bicoque.

Bon eh bien, va pour un feu alors !

J'assiste, spectateur, à une joute verbale entre deux sexagénaires aussi têtus l'un que l'autre.

Ça me va. C'est amusant.

J'invite Gretchen à se choisir une chambre.

Elle apprécie la décoration et vante le bon goût de la propriétaire.

Il est vrai qu'Alice a particulièrement soigné la décoration du cottage, une heureuse combinaison entre classique et moderne.

Dans les différentes pièces se côtoient de grandes armoires rustiques en vieux chêne, des buffets peints et des appliques modernes. Les fonds sont neutres : des gris, des noirs, des nuances de tons taupe, selon les chambres.

L'ensemble inspire cette ambiance cosy et chaleureuse.

– Oh que celle-ci est jolie. Puis-je m'y installer ?

– Vous êtes chez vous Gretchen ! Vous serez mon invitée privilégiée.

– Monsieur sait recevoir.

– Vous serez aussi mon « crash test qualité produit ».

– Ça me va très bien.

Sans hésiter, Gretchen se dirige instinctivement vers la chambre « Chalet ».

Une chambre simple, claire d'où se dégage une odeur de

sapin blanc.

Les murs, recouverts de lattes de bois, confèrent à cette chambre une allure de chalet de montagne. Un grand tapis blanc tressé est déposé sur le sol devant un lit King size, recouvert d'un amas de couvertures et d'oreillers de toutes les couleurs.

Je laisse Gretchen prendre possession de ses quartiers et je rejoins George qui arpente le rez-de-chaussée. Il souhaitait faire le tour de la propriété pour visualiser l'étendue des travaux.

Apparemment, il connaissait le cottage avant sa nouvelle transformation.

Je comprends donc sa curiosité.

J'entends des « *Holala* » toutes les vingt secondes, souvent accompagnés d'un petit sifflement marquant la stupéfaction.

Il caresse les murs et certaines plaintes de portes.

    –   Qu'est-ce que c'est beau ce qu'ils ont fait dis donc !

Chapeau les ouvriers.

J'acquiesce poliment feignant l'approbation d'un connaisseur, alors que je suis une bille en travaux ou en décoration.

Je suis un téléspectateur assidu des émissions Américaines de Home Staging, c'est là toute mon expérience.

Je suis bien incapable de jauger la qualité des travaux réalisés.

Je suis un manuel télévore, ce qui limite fortement toute compétence pratique dans la construction de quelque chose de fiable et de solide. Voire même de beau.

C'est à cet instant qu'une des grandes portes de l'entrée s'ouvre violemment.

George se précipite pour la refermer.

- C'était quoi ce bruit ? Vous allez bien tous les deux ?
- Tout va bien Gretchen. George nous a sauvés d'une énorme bourrasque dévastatrice.
- Oui, enfin, j'ai juste fermé la porte.

Plus de doutes, la tempête est là !!! George ne peut plus rentrer chez lui. Ce serait beaucoup trop dangereux. Je l'invite également à rester au cottage et à se choisir une chambre.

- Non, je ne vais pas salir une chambre juste pour une nuit, la banquette du salon fera l'affaire !

Je n'insiste pas, il sera toujours temps pour lui de changer d'avis lorsque sa fierté de vieil homme sera mise à mal par une banquette usée et inconfortable.

Quelques minutes plus tard je reçois un texto de Mathilde et Mika, nos amis restaurateurs, qui prennent d'abord le pouls de l'état du cottage puis de notre installation. Je les rassure et demande à mon tour si tout va bien pour eux ? Leur réponse sonne comme un appel au secours, ils n'ont presque plus d'électricité, leur générateur montre des signes de faiblesse. Ils sont sur le point de basculer le courant de leur appartement vers le restaurant. Ce n'est pas une décision facile à prendre, d'un côté ils voudraient conserver les denrées du restaurant et de l'autre maintenir le chauffage dans l'appartement. Delphine et Cédric sont avec eux, les routes sont maintenant impraticables et ils ont dû rebrousser chemin. « *Prenez ce dont vous avez besoin, ce qui est périssable, et venez nous rejoindre prudemment au cottage. Vous serez mieux ici et il y a bien assez de place pour tout le monde.* » finis-je par leur écrire. Je reçois un « *MERCI* » qui traduit leur soulagement. Les pauvres ont dû avoir une sacrée frousse. En moins d'une heure, nous passons d'un duo de choc à une petite communauté sympathique au sein du cottage tout neuf.

– Vous êtes ici chez vous ! En remerciement de votre chaleureux accueil, vous êtes mes invités !

Les chambres sont joyeusement prises d'assaut. Les jeunes employés profitent de l'occasion pour officialiser leur idylle naissante en choisissant une chambre commune. Ils me font part de leur bonheur d'être au chaud dans un si bel endroit. Dehors, le vent souffle de plus en plus fort et la neige recouvre maisons, rues, végétation, on ne voit plus à cent mètres. La tempête souffle, grogne et hurle comme une horde d'animaux sauvages s'apprêtant à dévorer Christmas Land. Mais qu'importe, cela n'entache pas la bonne humeur de mes colocs d'un soir. Ils semblent galvanisés par toute cette neige qui tombe dehors. Frôlant l'hystérie, entre préparation de cookies et de gâteaux à la cannelle, ils chantent à tue-tête de vieux cantiques de Noël. Je suis fasciné et effrayé ! Je les observe, comme un chercheur devant des rats de laboratoire. George et Gretchen font ce qu'ils peuvent pour m'entraîner dans leurs folies « Papa Noëlesque », mais je n'ai pas le cœur à la fête. Je pense à Anthony.

J'aimerais tellement qu'il soit là.

Je suis brutalement arraché à mes pensées, le cottage est envahi par une foule d'inconnus !

Je reconnais maintenant des visages, les habitants de la ville sont tous présents dans mon cottage. Pas un ne manque. En tout cas en apparence. Une coupure d'électricité générale leur a inspiré la même initiative. Rejoindre la maison d'Alice, plongée dans le noir à son tour. Nous sommes dans le sanctuaire de l'amitié et de l'entraide !

– Mince, le générateur de secours devait arriver demain. Y'a plus de jus dans la maison, désolé m'sieur Franck !

C'est le chef de chantier, rescapé malheureux de la tempête qui est venu se réfugier aussi au cottage.

Je le rassure immédiatement, je ne doute pas de ses compétences. Son équipe et lui-même réalisent un travail magnifique, ils ne pouvaient pas anticiper de tels évènements.

Et c'est contre l'avis de George que nous décidons d'allumer les différentes cheminées qui se trouvent aux quatre coins de la maison.

Celles du grand salon, de ma chambre et des grandes suites chauffent depuis un moment et commencent à diffuser une douce chaleur.

Avec Gretchen et Delphine nous vidons les grandes armoires, en quête de plaids ou de couvertures pour réchauffer toutes ces personnes transis par le froid, qui ont eu le courage de braver la tempête pour nous rejoindre.

Le salon, l'entrée, l'escalier...ne sont plus qu'un océan de matières et tissus multicolores, qui sont autant de moyens pour se couvrir et tenter de se réchauffer. A tour de rôle, apparaissent dans un coin de la pièce, dans l'escalier ou dans un fauteuil, une petite tête souriante, un cache oreille en forme de boules de neige ou un bonnet couleur sapin.

Une fois tout ce petit monde bien camouflé, je peux enfin me poser quelques minutes auprès du feu avec mes nouveaux amis. Tout est enfin calme et paisible.

Commence alors une discussion de vieux copains. Chacun y va de sa petite histoire. De son souvenir...

Pendant plusieurs heures, j'écoute avec un immense plaisir chacune de leurs histoires. Des amours perdus, aux traditions de Christmas Land et ce récit de George sur la ville touchée par une grande crise économique qui avait balayé le pays de plein fouet. Il nous vante le courage des habitants qui se sont lancés dans des actions solidaires luttant contre l'effondrement économique de leur ville. Ils créèrent une « Coopérative alimentaire » avec pour objectif de récolter et de distribuer des denrées alimentaires aux familles les plus démunies de la région. Ils mirent en place aussi un « Conseil de travaux solidaires » rattaché à la mairie, afin que les personnes ayant une capacité manuelle, des outils ou simplement une volonté de fer entretiennent les habitations, les bâtiments officiels et toutes les structures de la ville.

Un savoir-faire qui a su se transmettre, grandir et devenir une entreprise rentable au fil du temps et dont le cottage bénéficie aujourd'hui

Cet établissement fait la fierté des habitants et plus particulièrement de George, le Charles Ingalls de la Creuse. Ils sont tels les héros télévisés qui ont bercé mon enfance, les costumes en moins. Fort heureusement.

George nous raconte avec vivacité toutes les petites choses que son père et lui ont accomplies pour cette ville. Les nuits à veiller les juments ou les chèvres en difficulté dans leurs mis bas.

Les journées de préparation, coupage, équeutage, semailles pour maintenir une bonne rentabilité des terres agricoles de la région. C'est dingue. Je suis admiratif.

Et je dois avouer que tout cela me renvoie à mes expériences de vie personnelles qui semblent bien maigres à côté des péripéties vécues par certains habitants de la ville.

Nous sommes tous à l'écoute, fascinés par tous ces récits.

George est régulièrement interrompu par celles et ceux qui viennent renchérir ses souvenirs ou confirmer ses propos, comme s'il s'agissait d'un devoir de mémoire. Les témoins historiques du passé de cette ville n'omettent aucun détail. Les plus jeunes semblent hypnotisés, les yeux remplis d'admiration.

Je comprends maintenant l'importance de la célébration qui devait avoir lieu ce soir autour du grand sapin de la ville.

Au-delà d'un moment fort de retrouvailles entre les habitants et les différentes générations qui composent Christmas Land, il s'agit pour eux de célébrer la fin d'une époque qui aura scellé à jamais l'entraide et la force de cette ville atypique. C'est beau !

Il commence à se faire tard.

Au loin, derrière une des vitres du salon, je vois la neige qui tombe sans discontinuer. Les rafales sont violentes et font vibrer le cottage.

Personne n'est inquiété par la volonté farouche de la tempête qui fouille chaque pierre, chaque ardoise, chaque trouée et de nous entrainer avec elle dans son univers glacé…

J'essaie de tester ma résistance à l'angoisse mais, tout va bien, je suis en compagnie de personnes confiantes et sures d'elles, mes visions cauchemardesques n'auront pas de prise sur moi ce soir.

Je m'endors lentement au son de leurs voix, alors que mon regard est attiré par une inscription ou une gravure usée au bord de la cheminée.

Ça ne manque pas de m'intriguer.

Mais pour l'heure je suis bien trop fatigué pour réfléchir ou poser la moindre question et je compte bien dormir quelques heures.

Je sens une main qui remonte le plaid jusque sous mon menton.

Je m'entends balbutier un « *Merci* » mais Morphée m'a déjà pris dans ses bras…

11

Le lendemain, en fin de matinée, la tempête se calme enfin. Elle laisse derrière elle un vaste paysage cotonneux d'un blanc immaculé.

On se croirait sur une île flottante géante. La rivière de caramel en moins.

Ok, j'ai faim !

Tout est calme et voluptueux.

J'ai toujours apprécié les premières neiges, cet instant où l'on foule le sol en s'enfonçant dans l'épaisse couche craquante sous nos chaussures.

Il y a là-dedans quelque chose de thérapeutique et d'apaisant.

Comme si la neige effaçait les passés malheureux, autorisant ainsi l'écriture d'un nouveau chapitre de notre vie, sur une page encore vierge.

Le calme est vite rompu par les cris des enfants, suivis par ceux de leurs parents.

On est à Christmas Land !!!

Ils se précipitent dehors pour faire des bonshommes de neige ou des anges de Noël en secouant bras et jambes allongés au sol. Cédric les a rejoints :

– Viens Franck, faut pas avoir peur. Regarde, je te montre…

Me tirant par le bras il veut que je me mette à genoux.

– Oh non j'ai peur d'attraper froid.
– Mais oui c'est normal c'est de la neige.
– Euh, ce n'est pas très prudent tu sais !

STOP !
Houla la la …
Mais depuis quand suis-je devenu cet adulte râleur et flippé qui refuse de jouer dans la neige ?
Vous aussi vous arrive-t-il de vous bloquer bêtement pour des choses aussi futiles, alors que le contexte permet de vivre un bon moment ?
Et comme si un fusible endommagé de mon cerveau venait d'être reconnecté aux autres, je me ravise :

– Je dis n'importe quoi, allez pousse-toi, on va voir si j'arrive à faire un ange aussi grand que le tien !

Et me voilà à mon tour affalé dans la neige humide et froide, mais si agréable au toucher. Je remue bras et jambes le plus rapidement possible faisant de mon ange une empreinte indélébile de ma jeunesse retrouvée.

– Attendez, je vous prends en photo. Vous voilà immortalisés en étoiles de neige !

La photo est prise ? Super !

A leur tour, Delphine, Gretchen et George se mettent à jouer également dans la neige, heureux de nous rejoindre. A mon tour d'immortaliser ce moment. Mais je suis très vite mort de froid et regrette déjà mon imprudence :

– C'était rigolo, pas vrai ?

Les joues de Cédric sont rouges de plaisir...et de froid. Il a raison. C'était très rigolo. Je le remercie et concède sa victoire en voyant que son ange est beaucoup plus beau que le mien.

– Ça fait plaisir de voir tout le monde aussi heureux et souriants après la nuit difficile que nous venons de passer.

George est soulagé comme nous tous. Tout le monde sourit à nouveau. L'âme de Christmas Land ne nous a pas fait défaut. Fort de cette dose d'amour et de bons sentiments, je m'entends prononcer cette phrase improbable sortie tout droit du plus mauvais film de Noël qui soit :

– Delphine, Gretchen, allons acheter un sapin et décorer le cottage !!

Ces quelques mots déclenchent alors une hystérie collective ! Mes deux convives se mettent à hurler telles deux adolescentes qui viennent de croiser leur chanteur préféré. Mais la réalité est moins innocente, je calculais une occasion d'ajouter du cachet au cottage en vue de sa vente. Les deux femmes courent récupérer leurs affaires dans le cottage en imaginant les choses les plus farfelues concernant la décoration.

Elles passent devant moi sans un regard, sans même un mot, engagées totalement dans leur nouvelle mission :

–   Nous serons là pour vous aider dès que nous le pourrons.

Ça je n'en doute pas !

Mathilde retourne au restaurant et Gretchen à ses recherches. George, plus pragmatique qu'hystérique, fait un aller-retour avec son 4x4 et en revient avec deux grosses pelles et un sac de sel à la main. Il m'invite à déblayer l'allée de briques rouges avec lui. Je m'exécute sans broncher. On ne refuse pas d'aider un grand gaillard de plus d'1m90 qui n'a dormi que quelques heures. Je garde à l'esprit qu'il est prêt à abattre des montagnes pour ses voisins et amis.

Quelques minutes plus tard, l'allée qui conduit au portail, et le trottoir sont dégagés.

Je remercie à nouveau George pour sa brillante idée et son aide.

Pendant ce temps, le cottage s'est vidé de ses occupants.

Après une bonne douche bien chaude, et bien méritée, je retrouve George :

–   Pourriez-vous me dire où je pourrais acheter un sapin dans le coin ?...

Arrêt sur image. Le temps vient de se figer. Que se passe-t-il ? Aurais-je dit une grossièreté ? Je sens une onde de chaleur me traverser et une petite goutte de sueur ruisselle sur mon front, malaise…

— Ici on n'achète pas son arbre Franck, on va le couper soi-même dans la forêt. Un sapin ça se choisit !

Et merde !
Pourquoi ? Mais POURQUOI ai-je parlé d'un sapin ?
Sur un ton grave et solennel, George ajoute :

— Je vous aiderai à trouver le plus grand et le plus beau des sapins…

Après avoir déposé les filles dans le centre-ville, nous nous dirigeons vers la grande forêt qui entoure la ville. La bande-role au-dessus de l'avenue principale indique qu'il reste six jours avant le réveillon de Noël.

Nous faisons un détour chez George pour vérifier que sa maison a bien résisté à la tempête.
C'est un grand chalet en bois sorti tout droit de la « Mélodie du Bonheur ». Le repère de George me rappelle la Suisse et ses grandes demeures accrochées au flanc des montagnes. Son chalet est niché au détour d'un virage en haut d'une colline. Le cadre est à l'image de son propriétaire : imposant, fort et rassurant. La maison surplombant la vallée offre une vue imprenable sur la ville. Ainsi le regard bienveillant de cet homme est toujours tourné vers Christmas Land.
Lorsque nous franchissons le pas de la porte, George s'excuse d'un désordre que je ne décèle pas.
Une large cheminée en brique trône au centre de la pièce principale. Elle est la clef de voûte de la maison. Tout s'arti-

cule autour d'elle, tel un manège géant dont les pièces à vivre seraient les chevaux de bois.

George se propose de me faire visiter.

Je découvre un salon avec une grande baie vitrée qui s'ouvre sur une terrasse panoramique. La vue sur la vallée est à couper le souffle. J'entre ensuite dans une cuisine ouverte, un garde-manger et pour finir un grand garage.

A l'étage, deux grandes chambres et leurs salles de bains, modernes par leur confort et leur décoration, semblables à la chambre « Chalet » que Gretchen occupe au cottage :

— George, votre maison est magnifique ! Je prends une option pour la louer cet été.

— Et où est-ce que j'irai moi alors ? On me l'a déjà proposé plusieurs fois, mais je n'aimerais pas avoir des étrangers chez moi. C'est mon repaire de vieil homme aigri...

— ...vous n'êtes pas aigri !

— Revenez me voir en dehors des fêtes et on en reparlera.

Ah ! Tiens ! George cacherait-il des petites blessures qui le feraient souffrir derrière sa gentillesse légendaire ?

Sa déclaration me laisse perplexe et je me promets de découvrir ce qui le rend grincheux quand les fêtes s'éloignent.

Pour le moment il est bien trop pressé de partir à la chasse au sapin.

— Oh tenez Franck, pendant que j'y pense, voilà les clefs de votre voiture de location. Je l'ai apporté au garage hier, elle est réparée, vous pourrez garder votre caution.

Je le remercie chaleureusement avant de quitter le grand

chalet Alpin de « George le mystérieux ».

Alors que je me dirige vers la voiture, George me fait comprendre que cette dernière ne me servira pas à grand-chose pour ce que l'on a à faire.

Il saisit deux petites haches qui se trouvent sur un reste de bois coupé qu'il avait dû préparer pour sa cheminée, et m'invite à le suivre dans l'épaisse forêt enneigée.

Je glisse une bonne dizaine de fois sur le chemin en pente qui mène sur un sentier plus large.

Très concentré sur ma marche, je ne parle pas avec mon guide forestier improvisé. J'aimerais éviter une nouvelle chute.

Puis, interpellé par ma respiration de plus en plus bruyante, George brise le silence :

– Vous faites de l'asthme ?
– Oui ça m'arrive.
– Vous ne faites pas de sport ?
– La cuisine ça compte ?
– Ce serait le plus beau des sports mais ça ne va pas vous aider à rester en forme.
– C'est sûr !
– Vous êtes jeune, vous devriez faire attention. Vous soufflez comme un jeune buffle en train de se faire chasser par une meute de chiens.

Le jeune buffle vous remercie, Ô grand sage robuste et sportif !!
Je sais que je ne suis pas sportif.
Je sais que je dois faire attention.
Je sais que c'est important pour la santé.
JE LE SAIS !!!

Je suis tenace dans de nombreux domaines, mais qu'elle que soit la discipline j'avoue botter très vite en touche.

Si je devais faire mon analyse personnelle, quoi que cela pourrait être très dangereux car j'ai quand même une bonne dose de folie en moi, je dirais que le traumatisme vient du collège…

12

J'étais pétrifié par les sports collectifs et plus précisément par les insultes de mes camarades pré adolescents, pré pubères, pré crétins et par leurs concours de pets et de rots dans les vestiaires. J'étais bien plus à l'aise à papoter dans les gradins avec mes copines. J'étais cet intello, un peu bouboule sur lequel on s'acharne dans la cour. Aujourd'hui, je suis fier de ce jeune garçon que j'ai été, un peu rond, un tantinet coincé et efféminé, il a fait de moi ce que je suis, en me donnant une force mentale pour surmonter toutes les épreuves grâce à un humour et un second degré que j'ai su maitriser très jeune. J'ai grandi en banlieue Parisienne. Les clichés transmis depuis sur la difficulté de vivre en banlieue n'en n'étaient pas pour moi. Il était vital de trouver une place, d'avoir des copains. Les miens avaient deux ou trois têtes de plus que moi, j'étais accepté parce que je les faisais rire. Mon humour séduisait ces mecs aux caractères forts, de chefs de clans. Le sport est inscrit en moi comme une douleur. Un vieux pansement que l'on arracherait et qui ferait un mal de chien. J'ai cultivé mon esprit mais mon instinct de survie m'a protégé du sport.

J'ai l'esprit, pas le corps ! Voilà ! Non mais !

– Vous par contre vous semblez l'être, non ?

– Je marche beaucoup, c'est très important. Surtout à mon âge.

– Ça se voit !

– Merci. À vrai dire, je suis plutôt ce qu'on pourrait appeler un sportif contrarié. J'aurais adoré devenir un grand athlète mais la vie et un genou trop feignant en ont décidé autrement. Vous m'auriez vu plus jeune, je faisais tous les sports collectifs possibles : foot, basket, handball. J'adorais ces moments de partage avec mes camarades.

Et bien George, vous et moi n'aurions pas été copains au collège. Je vous aurais vanné ou critiqué en douce avec mes copines en écoutant les Spice Girls ou les Fugees à fond dans mon Discman, mes écouteurs en mousse orange vissés sur les oreilles.

Comme quoi...

– Je n'en peux plus George, je fais une pause.

– C'est bien, voilà déjà quarante-cinq minutes que nous marchons, ce n'est pas si mal !

Je décide d'ignorer cette remarque de vieux patriarche, visant le pauvre petit citadin fragile en l'encouragent à dépasser ses limites.

Je repère un énorme tronc d'arbre posé au milieu d'une clairière et m'y assois quelques minutes. Je suis entouré par des sapins de toutes tailles.

George après avoir retiré l'énorme bonnet écossais rouge et vert qui lui confère des airs de bûcheron Canadien, s'assoit dos à moi. Il me tend une gourde, l'eau fraiche apaise le feu qui brûlait mes poumons.

Mes jambes, en mousse, retrouvent d'un coup de la force et ma tête étourdie par les efforts, et qui semblait peser une tonne, retrouve petit à petit sa place dans l'espace-temps.

Ce n'est qu'au bout de quelques instants que mes yeux s'ouvrent enfin sur le décor majestueux qui nous entoure.

Tout est blanc et calme. Chaque sapin semble avoir été planté stratégiquement pour donner à cette petite clairière sa forme si parfaite et cette atmosphère si apaisante.

On se croirait dans un livre de contes pour enfants.

Je ne serais pas étonné de voir apparaitre un lutin derrière un rocher ou voir voler autour de nous des fées et des papillons aux mille couleurs étincelantes.

C'est à cet instant que je me suis senti observé. Au loin une forme humaine attire mon attention. Je me redresse, force le regard en direction de cette apparition, mais je ne vois plus rien. L'ombre d'un arbre se reflétant dans la neige sûrement... Tout ici invite à la quiétude et au bonheur.

    –   J'adore cet endroit.
    –   Je comprends George, c'est magnifique !
    –   J'y viens depuis que je suis enfant. J'y ai vécu des joies, des peines, des surprises. Des déceptions même parfois. Elles ont forgé en partie l'homme que je suis devenu.

Je suis touché par ses confidences, George n'est pas homme à se livrer facilement.

–   Je n'emmène pas beaucoup de monde ici, vous savez Franck...

Je vais pleurer George. Je PEUX pleurer…
Je me sens privilégié !! Ce n'est pas si souvent.
Je me tourne vers lui et répond par un sourire qui traduit ma gratitude et ma joie.

–   Parlez-moi un peu de vous Franck, nous n'avons même pas eu le temps d'échanger depuis votre arrivée. Vous êtes heureux dans la vie ?

Voilà une bien étrange question.
Je lui réponds que je suis heureux sur plein de choses.
Que j'ai la chance de partager ma vie avec un homme que j'aime. Et que c'est une aide précieuse au quotidien, une épaule réconfortante et inestimable que je chéris chaque jour qui passe.

–   Oui l'amour tient une grande place dans votre vie. Mais vous avez aussi ce petit coin de tristesse au bord des yeux. Cette petite lueur éteinte que je ne suis pas le seul à avoir décelée...

Alors là, il m'a pris de court.

–   Je... Peut-être parce que je viens de claquer la porte d'un job de rêve et que je suis rempli de doutes et de peurs.
–   Mais si vous êtes parti, c'est qu'il ne vous satisfaisait pas, je me trompe ?
–   C'est exact ! J'attendais que mon travail soit un peu

plus reconnu et récompensé. C'est sûrement de la fierté mal placée.

–   C'est certain ! Et grand bien vous fasse. La fierté c'est l'essence même de l'équilibre professionnel ! A juste dose il est l'allié indispensable au succès et au bonheur.

–   Si vous le dites...

–   Mais je vous le dis mon petit Franck. Je vous le dis !!!!! Vous doutez de vous ?

–   Quelque fois, alors je travaille deux fois plus pour dépasser mes objectifs.

–   Et quelque chose me dit que vous êtes sur la bonne voie.

–   Si vous le dites...

–   Mais je vous le dis ! À nouveau...

Il esquisse un sourire paternel et me dit que j'ai bien fait de claquer certaines petites portes pour en ouvrir de plus grandes.

À mon tour je demande à George ce qu'il fait dans la vie, ou faisait, car je devine qu'il est aujourd'hui à la retraite :

–   J'ai repris l'entreprise familiale de rénovation. Puis j'ai fini par m'en lasser. Comme ça arrive souvent dans la vie. Du coup, je l'ai revendue et me suis construit ce chalet. J'ai fini ma carrière dans la protection environnementale pour la région.

–   Ça ne m'étonne pas, votre amour de la nature ne m'avait pas échappé !

–   Je suis surtout amoureux de cette région.

–   Et amoureux de quelqu'un ? Vous êtes marié ?

–   Je l'ai été pendant quelques années. Mais toutes les

bonnes choses ont une fin...

—   Vous êtes veuf ?

—   Divorcé ! Depuis presque dix ans. Elle rêvait d'aventure alors que j'aspirais au calme.

—   Elle vous manque ?

—   Parfois. Mon vrai grand amour s'est enfui alors que...

George s'interrompt soudainement comme s'il voyait quelque chose passer dans son champ de vision.

—   Ça va George ? Je ne voulais pas être indiscret, je…

—   Il est parfait !!!

George se lève d'un bond et va se poster tout près d'un grand sapin qui le dépasse d'une tête.

—   On dirait que l'on vient de trouver votre sapin Franck ! Vous ne le trouvez pas parfait ?

Je m'approche et inspecte le conifère, ce qui provoque un état d'excitation chez George. Je dois avouer qu'il semble tout droit sorti d'un dessin animé.

Ses branches et sa forme sont harmonieuses. C'est un cône parfait, du tronc à la pointe.

George le secoue pour en faire tomber la neige accumulée au fil des heures.

Un sapin d'un vert étincelant apparaît alors, des senteurs boisées nous envahissent instantanément.

Un régal pour la vue et pour l'odorat.

Ce petit sapin, protégé par ses ancêtres a su résister à la tempête, il est parfait !

Je l'aime déjà.

Je suis quand même pris d'un doute.

– N'est-il pas dommage de l'arracher à son habitat naturel pour en faire un objet de décoration éphémère ? Sa place n'est-elle pas ici, auprès de ses semblables ?

George fait un signe de la main, me suggérant de patienter. Il se penche lentement vers le petit sapin comme pour l'écouter :

– Il dit qu'il veut venir avec nous. Qu'il se sent seul au milieu de tous ces vieux sapins qui font la gueule et qu'il a un peu froid. Il n'est pas contre un bon feu de cheminée.

– Vous savez y faire.

– Mais ce n'est pas moi, c'est lui....

– George, je n'ai plus dix ans.

– Et alors ? Cela doit-il vous empêcher de rire un peu et de rêver ?

Cette randonnée commence à prendre des allures de parcours initiatique. Ce qui pourrait me lasser assez rapidement.

– Voyez par vous-même Franck. La forêt est dense. Et nous pourrions le replanter après les fêtes dans le jardin du cottage. Il aurait seulement déménagé ! Ça vous irait ?

– Vous m'avez convaincu.

– Alors on déracine !

Ah oui ! C'est ça, il faut le déraciner. Un peu comme moi en venant ici. Et en douceur pour pouvoir le replanter ensuite sans encombre. Voilà une nouvelle aventure dont je me pas-

111

serais bien. Je pourrais encore me blesser. Néanmoins je ne m'en sors pas trop mal et réussi même, au bout de quelques tentatives infructueuses, à couper le tronc préalablement dégagé par George tout en gardant les racines nécessaires à sa future survie. Cela provoque la chute lente du petit sapin. Nous l'entourons alors de cordes et le ramenons à bout de bras vers la voiture, puis au cottage.

Je remercie mille fois George qui file à ses occupations.

13

C'est déjà le milieu de l'après-midi. Le temps file très vite.

Maintenant je dois trouver de quoi décorer ce nouveau colocataire épineux.

Quand j'étais enfant, Alice et moi passions des heures à décorer son ancienne maison au moment des fêtes.

Je devrais donc trouver des vestiges décoratifs quelque part.

Hier, les ouvriers parlaient d'un grenier dont l'accès se fait par le couloir qui mène à ma chambre.

Je grimpe les marches avec l'objectif de trouver l'entrée de ce grenier, d'abord grisé par la situation, puis un peu plus inquiet de me dire qu'il faudra sûrement me confronter à des obstacles terribles tels que des toiles d'araignées, de la poussière voire des insectes poilus et voraces.

En même temps, je n'ai pas trop le choix.

Le sapin ne va pas rester à poil dans le salon. Ça ferait mauvais genre.

C'est Noël ! Je serai héroïque et volerai donc au secours de ce pauvre sapin nudiste.

Au-dessus d'une échelle posée à quelques mètres de l'entrée de ma chambre, je distingue une trappe.

J'empoigne l'échelle, et après l'avoir calée contre le mur je monte prudemment.

Chaque marche gravie est une nouvelle victoire intérieure.

Rien ne cède, ni ne craque, sous mon poids. Ouf !

J'arrive enfin au niveau de la trappe, puis d'un coup je revois les images terribles d'un film d'horreur Japonais que j'adorais quand j'étais adolescent : « The Grudge ». Un film dans lequel un fantôme tueur se cache dans le grenier de la maison du héros. Une créature répugnante qui surgit, tel un chat pris de panique, pour vous attaquer et vous avaler le cerveau.

Voilà...

Forcément ça refroidi ! Je force la raison à refaire surface…Un monstre à Christmas Land ! C'est un scénario inenvisageable !

Le décor ne s'y prête pas.

Ça ferait tache. Au pire il me balancera des sucres d'orge.

Quoique…

Je décide quand même de faire un petit repérage au préalable.

On n'est jamais trop prudent.

En envisageant malgré tout le pire, je soulève la trappe, je passe la tête, le cou…les épaules et…je découvre un endroit propre, rangé et lumineux.

Tout mon corps hurle un « *ouf* » de soulagement.

   Des cartons de toutes les tailles, des malles, des miroirs, des objets de décoration se disputent chaque mètre carré.

Tous amoncelés dans cet énorme grenier qui semble couvrir toute la surface du cottage.

Des combles propres, immenses et clairs qui donneraient à n'importe quel architecte d'intérieur l'envie d'y faire les choses les plus folles.

Je ne reconnais pas les affaires d'Alice. Je devrai interroger Delphine, il semblerait que les anciens propriétaires ont oublié ou abandonné des affaires.

Enfin, à l'extrémité de cette immense pièce je reconnais certains des bibelots ayant appartenu à ma tante. Sans draps, sans bâches, à la vue de tout le monde.

Plusieurs bacs de rangements transparents laissent apparaître des formes et des couleurs qui me rappellent des souvenirs.

Les décorations de Noël sont là !

Devant moi. Elles m'attendent.

J'imagine Alice disposant les caisses pour que je sois en mesure de décorer son cottage dès mon arrivée.

Je suis à la fois rempli de joie et de nostalgie en ouvrant une à une les grandes boîtes en plastique dans lesquelles je retrouve les ornements que j'adorais quand j'étais enfant : Père Noël, bonshommes de neige ou encore des petits anges.

Puis, je trouve les guirlandes électriques, en plumes, en plastique, des vertes, des rouges, des blanches… Des boules en verre, puis des plus petites en coton pour imiter la neige, des étoiles, des cheveux d'ange…

Tout y est !

Absorbé par mes retrouvailles, mon attention est soudainement attirée par le son d'un grincement sur l'échelle. Je m'attends à voir Gretchen, je pourrais lui demander de m'aider à descendre les boites de décorations. Pour le moment, je suis happé par mes souvenirs. Tout me revient. Cette petite boule chaude dans le ventre. Je suis envahi par une sensation de bonheur et d'excitation que les enfants ressentent à l'approche de Noël.

En grandissant, j'avais oublié ces émotions...

A cet instant, je me sens relié à mon enfance et je suis heureux !

Je sens les larmes piquer mes yeux, l'une d'entre elles s'échappe et roule sur ma joue.

Mon corps lâche prise et je ressens un soulagement.

Je suis traversé par une onde de chaleur et de bien-être, je me sens plus fort, capable de déplacer des montagnes.

Bon, déjà les boites pour démarrer. Ce serait pas mal.

   –   N'ayez pas peur Gretchen ce n'est que moi qui tri-fouille dans le grenier ! Je vais avoir besoin de votre aide s'il vous plaît.

Pas de réponse.

Soit Gretchen a flairé l'entourloupe et a déguerpi très vite, soit j'ai rêvé ce bruit.

Je m'approche de la trappe, regarde jusqu'au bas des escaliers mais je ne vois personne.

   –   Eh oh ! Y'a quelqu'un ?

Il semblerait que je doive agiter les quelques neurones qu'il me reste pour descendre toutes ces boites sans me blesser.

Puis je me suis souvenu qu'un jour, Alice, m'avait construit une cabane en bois dans un vieux chêne immense. Ma mère était paniquée à l'idée de me laisser chez elle, s'imaginant à chaque fois les pires scénarios catastrophiques me concernant. Passé le mensonge historique d'Alice jurant, crachant, qu'elle m'empêcherait d'y monter, je courais rejoindre mon petit havre de paix. J'y vivais les plus belles aventures au grè des bandes-dessinées et des romans d'aventures qu'Alice achetait et glissait dans ma cabane.

Et pour mon goûter, nous avions eu l'idée géniale d'utiliser des cordes pour qu'elle puisse me faire monter mes gâteaux et sucreries préférées.

Voilà donc ma solution !

J'allais utiliser le même procédé pour descendre ces foutues caisses !

Mais sans corde ça devient tout de suite plus compliqué. Qu'à cela ne tienne. Grisé par mes sensations d'enfance retrouvées, je brise les interdits et trouve un subterfuge digne des « Castors Juniors », dont j'étais fan à l'époque.

Utiliser ce qui m'entoure.

C'est donc savamment ficelé avec les plus grosses guirlandes, que je fais descendre une à une les quatre grosses boites.

– Mais vous êtes fou ! Vous allez vous tuer !

– Mais non Gretchen, tout est sous contrôle et...

...la caisse lâche !

Alors que depuis dix minutes, je maitrisais chaque rouage de cette technique, me voilà comme un idiot face à la caisse qui vient de s'écraser aux pieds de Gretchen :

– Descendez ! Allez descendez de là tout de suite ! Maladroit comme vous êtes, vous allez vous casser quelque chose.

Je descends tout penaud, abandonnant mes sensations de puissance et de victoire pour réintégrer l'adulte maladroit et fragile que je suis. Gretchen me tire par le bras, comme un vilain garnement, jusqu'à la cuisine :

– Allez, installez-vous je vais vous faire un bon thé bien chaud ?

– Merci Gretchen.

– Cette ville ne vous épargne rien depuis votre arrivée. Bons sentiments, tempête, randonnée et j'en passe.

– J'ai vécu une semaine en moins de 48h

– Et ça vous déplaît ?

– Non ! Je suis heureux et étrangement calme depuis notre arrivée.

En réponse, le sourire de Gretchen, est révélateur de ses pensées.

En effet, Christmas Land commence gentiment à avoir ma peau !!!

Je ne jouerais pas pour autant un lutin dans le spectacle de Noël de la ville (Oui il y'en a forcément un) mais j'apprécie de plus en plus cette ambiance festive.

– Puisque vous êtes ici, autant vivre pleinement les évènements et vous laisser griser par la magie de Noël. Vous ne croyez pas ?

– Vous avez quelque chose en tête Gretchen ! Je le sens !

Un petit air mutin se dessine alors sur son visage. Elle nous sert une grande tasse de thé dans un mug magique qui, au contact de l'eau chaude, laisse apparaître des motifs de Noël plus mignons les uns que les autres.

Ensuite, elle court dans le salon chercher son sac à main d'où elle sort une quantité astronomique de bibelots, porte-clés et autres objets hétéroclites…

On se croirait dans un mauvais remake de Mary Poppins.

Tout en grommelant des mots délicieusement grossiers qui me font sourire.

Elle poursuit cette fouille interminable, puis dans un cri de joie elle finit par brandir fièrement un prospectus comme s'il s'agissait du Saint Graal !

Un flyer vert sur lequel on peut lire en grosses lettres rouges et blanches :

« *Grand concours de pâtisseries de Noël* ». C'est un guet-apens !

– Je ne suis pas sûr de comprendre…
– Bien sûr que si vous comprenez ! Aidez-moi à mettre une raclée à toutes les « Desperate Housewives » du coin et à gagner ce fichu concours.
– Un concours de cuisine ? Moi ?
– Oui vous ! J'ai besoin d'une forte tête à mes côtés.
– Je ne suis pas une forte tête !
– Vous préférez « raffiné » ? Rrroh j'essaye de vous flatter Franck, jouez le jeu.
– Il semblerait que cela vous tienne à cœur…
– Vous n'avez pas idée à quel point.

Je fais mine d'hésiter quelques secondes, mais je n'ai aucune envie de lui résister.

Un sourire d'approbation plus tard, me voilà embarqué dans cette nouvelle aventure. Culinaire cette fois.

Un peu cliché me direz-vous.

C'est Noël, il faut ce qu'il faut !

14

Gretchen m'entraine en ville, dans une charmante boutique, à la recherche des instruments de tortures...pardon, de délicieux ingrédients, pour gagner ce concours qui a l'air de lui tenir à cœur.
Nous sommes rejoints par Delphine, sa complice depuis le début...

–   Il nous faut des paillettes. Beaucoup de paillettes !
–   Et un moule en forme de sucre d'orge !

Je les abandonne à leurs emplettes et j'observe de loin les deux nouvelles amies s'amuser comme des folles.

–   On pourrait croire qu'elles rigolent mais, l'affaire semble sérieuse dites-moi !!!

Je me retourne sur cette voix et découvre la propriétaire du magasin.

–   C'est peu de le dire, elles sont en mission et pulvériseraient quiconque se mettrait en travers de leur chemin.

—   Je vois ça. Je m'appelle Linda. Enchantée.

Linda affiche une cinquantaine d'années, son teint métissé et ses grands yeux noir ébène lui confèrent une beauté naturelle à couper le souffle. Ses longs cheveux blancs tressés ajoutent ce petit je ne sais quoi de sagesse qui donne instantanément envie d'échanger avec elle.

Après m'être présenté à mon tour, Linda m'invite à prendre un café dans la petite cour couverte à l'arrière de sa boutique. Linda me confie qu'elle connaissait bien Alice et qu'elle avait passé de merveilleux moments avec elle. Elles avaient une passion commune pour la lecture et partageaient de longues soirées, avec d'autres habitants, à parler de leurs plus belles découvertes. C'était une espèce de mini club de lecture. Alice a toujours eu cette soif de lire, je l'ai toujours vue avec un livre à la main.

C'était une passion qu'elle partageait avec ma mère, avec celle des films sur « Sissi l'impératrice » ou « Angélique marquise des anges » !

Les deux sœurs passaient des après-midis entières à disserter sur le dernier roman d'horreur à la mode. Elles adoraient frissonner pendant leurs lectures et partager ensuite leurs impressions.

Je m'étonne d'ailleurs de ne pas avoir vu de librairie en ville :

—   C'était un des nombreux projets de votre tante. Elle rêvait d'ouvrir une librairie. Elle envisageait même de le faire au sein du cottage.

Les amis d'Alice sont le meilleur témoignage de la marque de son passage à Christmas Land. Chacun d'eux représente la mémoire de ma chère tante. Cette période de sa vie, dont je ne sais que peu de choses, m'est révélée petit à petit. Je suis admiratif de son investissement et de son originalité, Alice s'intéressait et œuvrait pour l'évolution et le bien-être de sa ville adorée.

— Elle nous manque beaucoup vous savez. C'était une amie fidèle, un vrai pilier. Elle me parlait souvent de vous.

— De moi ? Vraiment ?

— Oui, elle vous aimait énormément. Elle regrettait cette distance qu'il y'avait entre vous depuis quelques années.

— Moi aussi je le regrette…je me sens responsable.

— Ne dites pas ça. C'est la vie c'est tout. Et vous êtes là aujourd'hui, c'est le plus important.

— Un peu tard.

— Êtes-vous allé la voir ? Enfin, sa tombe je veux dire ?

Instinctivement, ma tête se penche vers l'avant, je cache ma honte de ne pas avoir eu le courage de m'y rendre. Mais Linda interprète cette réaction d'une toute autre manière. Elle y lit de la tristesse :

— Oh pardon je suis maladroite ! Vous venez juste d'arriver.

— Ne vous excusez pas Linda. J'attends juste le bon moment.

— Je comprends. Elle veille sur vous quoiqu'il arrive.

— Je ne sais pas. J'ai une sensation étrange… Je sens sa présence et je m'attends à tout instant à ce qu'elle me saute dessus en hurlant que tout ça n'était qu'une mauvaise blague.

Linda sourit tendrement et pose sa main sur la mienne comme pour apaiser une douleur dont je n'ai pas encore ressenti les prémices. Elle semble émue elle aussi.

Notre émotion commune se traduit par des larmes que nous essuyons subrepticement, interrompus par Delphine et Gretchen, qui viennent de finir de dévaliser la boutique. Elles sont prêtes, ancrées dans le réel. Retour sur la terre ferme !!!

Je règle les achats et échange avec Linda un dernier regard complice.

15

Nous sommes de retour au cottage, les bras chargés de sacs. Et comme par miracle, aucun de nous n'a glissé ou chuté dans la neige.

Cette ville n'est pas bien grande mais, elle vit à cent à l'heure, je ne cesse de faire des allers-retours, de découvrir des endroits magiques et de rencontrer des personnes au cœur tendre.

Nous investissons la grande cuisine où les filles s'attèlent directement à la confection des gâteaux qu'elles présenteront demain au concours.

« *Tout est une question d'organisation* » ne cesse de répéter Gretchen.

Puisqu'elle le dit, je la crois volontiers.

Je m'extirpe de la cuisine pendant quelques minutes, prétextant l'urgence de décorer le cottage pour Noël.

Les yeux écarquillés, les deux femmes sont prises de court par cette information qui pourrait ruiner la réputation de la ville.

Le cottage non décoré pour les fêtes ? Quelle horreur !

Le sang de Delphine ne fait qu'un tour :

— Vous avez raison, oust ! Allez vous occuper de la décoration ! Pendant ce temps, nous commencerons les préparations.

Je ne suis pas peu fier de mon coup.
Je retrouve les boites de décorations dont j'étale le contenu au sol.
Je scrute chaque élément, tel le commandant en chef d'une armée imaginaire, qui ferait sa ronde dans la chambre des jeunes recrues.
Une heure passe pendant laquelle j'ai placé des décorations tantôt dans la maison, tantôt sur le sapin.
Mais il faut me rendre à l'évidence, tout cela ne suffira pas à décorer tout le cottage.
Alice, avant de s'installer à Christmas Land, vivait dans une maison de campagne dont les proportions paraissent bien modestes en comparaison avec cette demeure.
Les installations ne seront pas suffisantes.
C'est alors que je remarque la présence des ouvriers et du chef de chantier.
Je m'avance vers lui, un peu étonné :

— Vous n'auriez pas dû revenir aujourd'hui après la nuit que vous avez passée. Vous méritiez une bonne journée de repos en famille.
— Vous rigolez ! C'est important pour nous de finir. Et c'était soit venir travailler ici, soit préparer ce fichu concours de gâteaux
— N'en dites pas plus ! Je compatis et comprends votre fuite.
— Certains de mes hommes adorent ça et sont chez eux à le préparer en famille. Pour ma part je préfère jouer le juge goûteur.

— Vous êtes un malin. Je l'ai senti tout de suite.

Nous éclatons de rire tous les deux.
J'en profite pour lui demander s'il sait où je pourrais trouver des décorations supplémentaires pour habiller le cottage ?

— Chez Pipo ! Il stocke les décorations de la ville dans sa grange. Les vôtres doivent y être aussi.

Pipo ? J'adore ce nom !
A peine a-t-il finit sa phrase qu'il siffle un de ses gars et lui ordonne de courir chez ce fameux Pipo à la recherche de mes ornements perdus.
Une demi-heure plus tard, l'ouvrier est de retour.
La benne de son camion est remplie de centaines de décorations pour l'intérieur.
Mais aussi pour l'extérieur : guirlandes de sapin, boules géantes, traîneau grandeur nature en bois, rennes, sucre d'orge rouge et blanc en polystyrène, couronne de gui pour la porte...Tout y est !

— On va vous aider m'sieur Franck. Le reste des travaux peut attendre demain. Le plus gros est fait. Alors que les décorations...
— ...c'est primordial à Christmas Land, oui je l'ai bien compris. Merci beaucoup.
— Allez les gars ! On connait la chanson. Comme l'année dernière, on reprend les plans d'Alice et on s'y met !

« Les plans d'Alice » ?
Mais de quoi parle-t-il ?

L'un d'entre eux apporte un large tube à dessins.

Il y a bien des plans !

Les ouvriers étalent un dessin « fait main » par Alice sur les deux tréteaux surmontés d'une large planche en bois qui leur sert de plan de travail.

Un document non officiel très coloré ! TROP coloré !

A croire qu'il a été dessiné aux crayons de couleurs par un enfant de dix ans.

Non, je ne critique pas. Je constate.

La scène est très cocasse !

Les gros bras, casques sur la tête, ceintures à outils vissées sur les hanches, s'extasiant et prenant très au sérieux ce schéma enfantin. Ça vaut son pesant d'or.

   Deux heures plus tard, le grand escalier est recouvert d'une énorme guirlande de sapin, elle-même incrustée de petits ornements et de guirlandes lumineuses.

Des étoiles argentées scintillantes et d'énormes boules blanches ont été disposées sur les appliques et le grand lustre, ce qui confère à la pièce une atmosphère de chalet montagnard sous la neige et la glace.

Le grand salon, le couloir à l'étage, le petit salon, le palier, le porche, la pelouse devant la maison...TOUT a été minutieusement décoré avec goût. Je suis halluciné.

Delphine et Gretchen, qui viennent de finir leurs pâtisseries, sortent de la cuisine toutes enfarinées et affublées de tabliers sales et tombent en amour devant cette transformation miraculeuse de la maison :

— Le sapin est magnifique Franck.
— Toute la maison déchire !! Waouh !

Je les remercie et leur demande comment s'est passé leur atelier création ?

– Très bien, il ne reste plus que les pains d'épices en forme de sucres d'orge à réaliser.

– Et vous aurez le courage de les faire ce soir ?

– NOUS ? Non ! Mais VOUS, oui !

– MOI ???

– Mais oui, vous ! Chacun son tour

– Mais je n'en ai jamais fait.

– Ne vous inquiétez pas, on vous a laissé la recette sur le plan de travail. Suivez-la à la lettre et tout se passera bien. On verra demain matin s'ils sont réussis !

Je suis piégé ! Je suis fatigué, depuis ce matin je n'ai pas arrêté une seule seconde et voilà que maintenant je dois cuisiner ces fichus gâteaux.

Je ne suis plus sûr d'aimer cette ville.

Ni Noël.

Ni les sucres d'orge.

Ni les gens en général.

Bon, c'est la fatigue qui parle.

Je vais m'accorder un peu de détente avant de jouer les pâtissiers.

Les ouvriers et Delphine quittent le cottage pour rentrer chez eux. Après quelques instants, Gretchen apparaît, superbement maquillée et vêtue d'une magnifique robe noire :

– Gretchen vous êtes...

– ...à tomber ? Dites-moi « *à tomber* » s'il vous plait j'en ai besoin.

– A tomber oui ! Magnifique même !

– Arrêtez, je ne suis pas une breloque exposée dans une vitrine. Je reste sur votre « *à tomber* » totalement spontané.

– Mais où allez-vous dans cette tenue de soirée ?

– En ville mon ami. Dîner chez Mathilde et Mika. Ils ont eu le temps de remettre leur restaurant en ordre et ré ouvrent ce soir.

– Et bien je vous souhaite une belle soirée et saluez-les pour moi.

– Ce sera fait !

Dit-elle tout en s'affublant de son énorme doudoune rose, d'un bonnet surdimensionné et de moufles en forme de bonhomme de neige.

– J'ai hâte de goûter vos pains d'épices. Bonne soirée Franck, ne m'attendez pas…

16

Me voilà donc seul dans le cottage !
Sa restauration va me permettre de le vendre rapidement.
Les travaux sont impeccables et quelques photos pendant les
fêtes de Noël vont mettre le lieu en valeur. Je fais quelques
clichés avec mon portable et j'en profite pour en envoyer à
Anthony avant d'en adresser à Delphine et de lui demander
de rédiger une annonce pour la future vente. Avocate et agent
immobilier, elle sait tout faire.
Il n'y a pas d'agence immobilière dans le coin, mais le « bouche
à oreilles » ferait des merveilles d'après elle. Je compte dessus.

Pour l'heure, il est temps de me mettre aux fourneaux…
et de me laisser gagner par cette fameuse « magie de Noël »
dont tout le monde parle ici depuis mon arrivée.
Et pour ça, je décide de prendre des risques.
Je fais mon foufou : j'ose le moule sucre d'orge !
Alors, direction la cuisine !

Je m'applique à suivre scrupuleusement la recette laissée
par les filles.
Mais il faut me rendre à l'évidence, je ne suis pas doué.

Les doses ne sont pas bonnes.

La texture est plus que douteuse.

Et la couleur…comment dire ? Elle ne ressemble à aucune de celles que l'on retrouve dans une palette de teintes connues.

Je goûte…ce n'est pas bon. C'est même très mauvais.

Je lance quand même une fournée puis je m'installe dans le salon.

J'appelle Anthony. Ça, au moins, je sais le faire.

Je lui parle quelques minutes, il est épuisé et ne sait toujours pas quand il pourra quitter ce fichu pays qui le retient en otage.

A cause de la météo, je précise.

Le temps de me dire aussi qu'il trouve le cottage magnifique sur les photos et qu'il aimerait pouvoir se poser au coin du feu à mes côtés.

Et moi donc ! Il me manque tellement.

Je raccroche et commence à sentir le sommeil me gagner. Je me laisse envahir par ce sentiment de bien-être. Mes yeux se ferment tout seuls. Je sens mon corps se décontracter et profiter de cet instant de repos bienvenu.

Le feu de la cheminée et l'énorme fauteuil moelleux dans lequel je suis enfoncé, m'encouragent à profiter au maximum de l'ambiance relaxante et rassurante.

Je me laisse donc aller à une petite sieste salvatrice.

Mais quelques minutes plus tard, je suis réveillé par une étrange odeur. Mes narines semblent obstruées par une effluve nauséabonde qui me brûle la gorge puis les poumons. J'ouvre les yeux et vois une épaisse fumée blanche se dégager de la cuisine.

J'ai tout cramé ! TOUT !

La cuisine d'Alice !

Maladroit ? Malchanceux ? Mal en point ?

C'est un peu tout cela à la fois je pense.

Le citadin a voulu rivaliser avec les elfes les plus préparés et les plus tendances de la Creuse. C'est loupé !

Je remplis des verres d'eau, je les balance par-dessus ma tête au hasard, j'humidifies des chiffons et les jette un peu partout !

Puis… j'appelle les pompiers !

Même les chiffons mouillés sont en flammes !

Tout cela à cause d'une fournée de gâteaux, déjà ratée de base, que j'ai oubliée dans le four.

Four qui a provoqué un court-circuit des plaques de cuissons. Plaques de cuissons qui ont finies elles-mêmes par prendre feu.

Ce dernier est alimenté par les décorations.

Heureusement les pompiers volontaires de la ville arrivent rapidement, mais je suis anéanti en découvrant que ce sont aussi les ouvriers qui viennent tout juste de terminer les travaux du cottage…et de la cuisine :

—   Je suis vraiment désolé messieurs. Et très reconnaissant. Je ne sais plus où me mettre.

—   Ne vous prenez pas la tête m'sieur Franck, le plus important c'est que vous n'ayez rien !

—   Ouais enfin c'est quand même un mois de boulot foutu en l'air.

—   On n'a pas idée de laisser un four allumé et d'aller roupiller.

—   Je sais oui. Je suis maladroit.

—   Et irresponsable !

Sur ces mots je sens comme un courant d'air glacial glisser le long de mon dos.

Je fais un bond dans le temps, trente-cinq ans en arrière, je suis en train de me faire gronder par Madame Izorez, ma prof de CE1, parce que je confonds les consonnes et les voyelles. Une goutte de honte perle sur mon front.

Retour au présent, le pompier sourit et s'amuse de ma réaction :

— Faut bien vous engueuler un peu sinon vous ne retiendrez pas la leçon ! Hein m'sieur Franck ?!?

Sadique !
Est-ce que je vais dire à ta femme, ou ton mari, que tu t'esquives en douce pour venir poser des boules lumineuses au lieu de sucrer de la pâte feuilletée et garnir des choux ?

— Oui vous avez raison, merci !

Quoi ? Il fait deux têtes de plus que moi.
Vous auriez fait pareil.
Mais en pensées il prend très cher.
Et c'est mérité. Mais ça, il ne le saura jamais…

— On va poser des bâches pour cette nuit et on reprendra les travaux demain. Par contre, la cuisine est inutilisable, vous avez un plan B ?

Silence embarrassé. Une grosse voix se fait alors entendre :

— On va trouver une solution, merci les gars ! Filez. Je

prends le relais.

C'est George !
Il est arrivé au cottage plus vite que son ombre. À croire que cet homme est alerté par un signal interne le reliant à tous les évènements qui se passent à Christmas Land.
Un peu comme Batman avec son Bat-Signal. J'irai vérifier plus tard si un faisceau lumineux en forme de sapin est visible au-dessus de la ville.
Quelle déception quand George m'explique qu'il a été alerté par la sirène du camion des pompiers.
Il est suivi de près par Gretchen.
Mon esprit est encore trop embrumé pour faire un quelconque lien entre leurs présences simultanées.

—   Allez vous reposer Franck, la nuit et la journée ont été longues.
—   Merci George !
—   Je m'occupe de fermer le cottage et vous êtes sous bonne garde avec Gretchen.

Cette dernière acquiesce avec un grand sourire et m'accompagne jusqu'à la porte de ma chambre.
Elle me souhaite une belle et douce nuit et me demande de ne plus m'inquiéter.
Elle ne manque pas, néanmoins, de plaisanter sur les pâtisseries qu'elles ont passés des heures à fabriquer et que j'ai carbonisées en quelques secondes.

A peine la tête posée sur mon oreiller, je tombe dans un profond sommeil réparateur qui me transporte avec douceur jusqu'au lendemain matin.

17

Mon dieu que cette nuit fut bonne !
Je suis à nouveau en possession de toute ma force et d'un mental d'acier.
Entre la première nuit psychédélique à l'hôtel de Mathilde et Mika, la deuxième tempétueuse, et ces aventures depuis mon arrivée, cette nuit de récupération fut une bénédiction.
Je prends le temps de flâner un peu au lit.
Une nouvelle position sur l'épaule gauche entraîne à nouveau dix minutes de sommeil.
Une autre sur le ventre. Puis à nouveau sur le dos. Et à chaque fois accompagnée d'un nouveau mini cycle de sommeil.
Peu importe, je profite de l'instant présent.
Jusqu'au moment où mon estomac commence à émettre des petits gargouillis qui sonnent la fin de cette délicieuse grasse matinée.
Je m'extrais lentement de la chaleur rassurante de la couette et me prépare à affronter les péripéties que me réserve cette ville.
Il est à peine 10h. C'est parfait !!
En passant devant la chambre de Gretchen j'entends de lourds ronflements qui me confortent dans le fait qu'il y a plus flemmard que moi ce matin. La pauvre a dû se coucher

tard avec toutes mes bêtises.

Je fais un détour par la cuisine pour constater au grand jour l'étendue des dégâts.

Et bien ce n'est pas joli joli…

Les murs sont recouverts de cendres.

La hotte et les plaques ont complètement brûlé.

La belle crédence blanche et noire, façon « métro Parisien », semble avoir subi le passage équivalent à l'intégralité des véhicules du périphérique Parisien à l'heure de pointe. Tout est noir et crasseux.

Et pourtant, je sais qu'Alice me dirait : « *Mais ne t'inquiète donc pas, ce n'est que du matériel, ça se répare. Contrairement à ta maladresse.* »

J'esquisse un sourire en pensant à ces paroles imaginaires et je me fais la promesse que bientôt, la demeure sera en état de recevoir ses hôtes :

— 		Tiens M'sieur Franck ! On se lance dans la grande cuisine il parait ?

C'est le chef du chantier qui vient d'arriver avec quelques-uns de ses hommes.

— 		Arrêtez !! Je culpabilise, je ne sais pas où me cacher…
— 		À l'écart de la cuisine, ce serait pas mal. Je vous taquine. Ne vous inquiétez pas ce n'est que du matériel. Ce sera vite réparé. Pas de stress.

Alors là, je suis scotché. Pas un reproche. Une vanne et ça repart.

– Merci. J'allais en ville pour prendre mon petit-déjeuner, ça ne vous ennuie pas ?

– Oh non non ! Et surtout prenez tout votre temps. On s'occupe de tout !

– Merci beaucoup.

Me voilà donc reposé, rassuré et affamé en direction de la ville.

La neige est toujours bien présente au sol.

Je prends plaisir à marcher avec mille précautions, les routes sont bien dégagées.

Les rues sont calmes, ce bol d'air matinal me fait un bien fou, je profite pleinement de cet instant de solitude.

Au loin j'aperçois la banderole : « Nous sommes à 5 jours du réveillon de Noël ».

Le temps file vite. Trop vite ?

J'arrive au restaurant de Mathilde et Mika. Beaucoup de personnes sont déjà en train de petit-déjeuner et de profiter de la magnifique matinée ensoleillée. Le restaurant est plein.

Je suis immédiatement interpellé par Mathilde :

– Terrasse ou intérieur ?

– Bonjour...euh....terrasse au soleil s'il y a une place s'il vous plaît.

Mathilde fonce dehors en me faisant signe de la suivre.

Elle me place à une petite table de deux personnes en plein soleil, face à la grande rue.

Elle y dépose un menu et m'invite à m'asseoir.

– Bonjour ! Pfffiou la matinée est rude. J'en peux plus.

J'ai l'impression de courir un marathon.

— Beaucoup de monde ?

— Oh oui ! Les touristes commencent à arriver en ville pour Noël, c'est la course.

— J'imagine. Je suis désolé que le cottage ne soit pas prêt pour vous soulager un peu.

— Ne vous excusez pas. Et j'aurais adoré vous aider pour le concours mais la cuisine est déjà réquisitionnée pour d'autres participants.

Les 2M soutiennent l'ennemi ? C'est noté...

— Je suis responsable de cette situation, c'est à moi d'arranger ça.

— C'est un accident...

— ...dont tout le monde parle déjà !

— Petite ville ! Tout va vite ! Un petit déjeuner complet ?

— Avec plaisir

— Je vous fais apporter ça. Profitez du soleil pour moi.

Avec plaisir.

Je ne vais pas me faire prier.

A peine repartie et déjà de retour avec d'autres clients. Mathilde court partout.

Je regarde l'entrée de la ville, des dizaines de familles, couples, parents, grands-parents et enfants semblent converger vers un seul et même point : le restaurant de Mathilde et Mika.

Une file d'attente s'est rapidement formée devant le portail du Home Made.

Plus le temps passe et plus la rangée s'allonge.

Les sourires des nombreux badauds contrastent avec la moue

crispée de Mathilde et de ses employés qui ne savent plus où donner de la tête :

— On n'a plus assez de menus ! Quelle table se libère ? Vous avez apporté le thé de la 6 ? Et le Cheesecake de la 32 ? Vous avez redressé la 29 ? Quelqu'un peut aller faire patienter les gens ? Personne ? Rolala

Tel un genou qui vient de subir un test de réflexe rotulien, je bondis de ma chaise, j'attrape un tablier aux couleurs du restaurant et je vais à la rencontre des clients.
J'avais vu ce type de réactions dans certains téléfilms de Noël et je rêvais d'être ce personnage courant à la rescousse d'une situation de crise.

— Franck, vous me sauvez la vie. Mais vous êtes sûr que ça va aller ?
— Mais oui ! Ça m'amuse. Je vais les faire patienter un peu et voir combien ils sont.
— Sans rien casser ?
— Sans rien casser ! Promis !
— Parfait. Je préviens l'équipe de vous faire signe dès que des tables se libèrent. Merci.
— Avec plaisir et maintenant allez servir le thé de la 6.

S'il en reste une goutte. Mathilde le secoue tellement dans tous les sens que bientôt il ne restera plus que le sachet dans la tasse.

Me voilà hôte d'accueil !
Quand je vous disais que cette ville réserverait chaque jour

son lot de surprises.

Je m'installe face aux clients, à l'entrée, et commence gentiment à discuter avec eux.

Je longe la file d'attente qui ne cesse de s'agrandir.

    –   A ce point-là vous aurez 30 à 40 minutes d'attente. C'est un peu comme à Disneyland. Mais sans la parade.

Les gens sourient et comprennent. La plupart attendent. D'autres repasseront.

J'utilise l'application « Notes » de mon portable afin d'y inscrire soigneusement le nom des clients et le nombre de couverts.

Naturellement, notre organisation telle une partition, se met à jouer une musique conjointe avec la salle et l'équipe. Ils me préviennent dès qu'une table se libère, puis j'accompagne les heureux gagnants vers leurs précieuses places.

Je passe entre les rangs, je plaisante avec les enfants et je discute avec les plus grands. Nous passons le temps avec bonne humeur.

Je vante les bienfaits de la ville et la délicieuse cuisine de Mika.

Nous applaudissons chaque famille ou personne qui obtient sa table.

Ce qui ne manque pas d'amuser les autres clients.

L'ambiance est chaleureuse et bon enfant.

Tout à coup j'entends une petite voix familière :

    –   Tu travailles ici maintenant Franck ? C'est toi qui vas nous faire à manger ?

C'est Cédric qui vient d'arriver avec sa maman. Ils sont très étonnés de me voir courir partout :

–   Non Cédric, je donne un coup de main à mes amis. Tu as bien dormi ? Tu t'es remis de la tempête ?
–   Oh oui ! J'ai même construit une super cabane dans ma chambre pour nous abriter si la tempête revient.
–   T'es le plus fort ! Bravo.

J'en profite pour saluer Delphine et l'invite à attendre quelques instants.
Leur trouver une petite table sera plus facile, après tout ce sont des VIP.
Je cours à l'intérieur et vois qu'une table se libère. J'explique au serveur que Delphine et Cédric sont devant et... J'aperçois George qui vient de les rejoindre...

–   N'en dites pas plus ! Je leur redresse la table en deux temps trois mouvements. Faut bien qu'on chouchoute nos habitués.

J'invite mes trois amis à rejoindre la table qui les attend. Ils sont ravis de pouvoir être ensemble. Cédric est déjà en train de raconter en détails, à George, la longue construction de sa super cabane anti tempêtes.

Il a fallu une bonne heure pour que tout le monde soit enfin assis et servi.
J'accompagne le dernier couple, des retraités, à l'intérieur du restaurant puis je rejoins Delphine et George qui terminent leurs repas :

– Ça va Franck ? C'est fou, on dirait que vous avez fait ça toute votre vie.

– Merci Delphine. De vieux souvenirs de jeunesse quand je faisais des petits boulots dans la restauration. Ça revient vite.

– Tout le monde a l'air content.

– C'est le plus important. Et les clients sont tellement heureux de venir célébrer les fêtes chez vous qu'ils acceptent l'attente sans broncher.

– Vous comprenez un peu mieux la magie de notre ville... ?

– Je comprends surtout que je meurs de faim.

C'est à ce moment précis que Mika dépose sur notre table une assiette remplie de victuailles. Tel un cartoon, mes yeux sortent de leurs orbites : œufs Bénédicte, muffins, jambon, bacon, tartines de pain, fromage, salade, petites tomates...

– Et voilà chef ! Un petit plat pour vous remercier de votre aide.

– Cela s'appelle un buffet Mika, pas un petit plat ! Et ne me remerciez pas, je me suis beaucoup amusé.

– Je vous engage alors ?

– Euh...

– Je vous taquine. Nous attendons des renforts pour demain. Allez manger maintenant !

– Je vais me régaler et j'espère que vous allez vous reposer maintenant...

– Je me reposerai quand je serai mort.

Affamé, je me jette sur l'immense assiette, remplie à ras

bord.
Et je vous le donne en mille : c'est délicieux !

Le temps passe.
Le Home Made se vide petit à petit.
Bientôt, il ne reste plus que l'équipe qui prépare une table
pour manger à son tour.

18

Cédric navigue toujours entre la cuisine et l'extérieur où il ne cesse de jouer en s'inventant des histoires plus dingues les unes que les autres. J'adorerais avoir l'âge pour rejoindre son univers magique.

George ne le quitte pas des yeux lui aussi :

—   Il ne manque ni d'imagination, ni de tempérament ce petit bonhomme.

—   Oui j'ai beaucoup de chance. Il ne s'ennuie jamais et il est très sociable.

—   Votre éducation, lui a sans aucun doute, permis de favoriser ces qualités.

—   Je ne sais pas. Depuis le départ de son père, je fais tout pour qu'il ne manque de rien et qu'il soit heureux. Mais ce n'est pas facile tous les jours.

La gorge de Delphine se noue et son regard s'embrume. Je ressens la douleur de l'épreuve qu'ils ont traversé.

George lui sourit tendrement :

—   Je pense que vous pouvez être fière de vous et je crois que vous possédez une grande et belle force. C'est rare.

A ces mots, Delphine saute dans les bras de George, ému par cette démonstration de reconnaissance inhabituelle pour lui. Elle se reprend et avec sa fougue légendaire :

—   Arrêtons les dramas, il y a des choses plus importantes à penser !
—   C'est à dire ?
—   Franck, le concours ! C'est aujourd'hui et nous avons encore beaucoup de gâteaux à faire. Plus exactement…nous avons beaucoup de gâteaux à refaire.
—   C'est vrai mais…je n'ai plus de cuisine !
—   Et la mienne est trop petite mais, George a une solution. Nous allons vous montrer.

Nous quittons l'équipe et leur donnons rendez-vous plus tard pour le concours.
Nous traversons le jardin à l'arrière du home made, passons un portail dérobé, dépassons le grand sapin de la ville et arrivons à l'arrière d'un grand bâtiment dont je ne distingue pas encore la fonction.
Passée l'entrée de service, nous arrivons directement dans un immense réfectoire muni d'une grande cuisine. C'est l'école élémentaire de la ville !
La cuisine sert également à la communauté en cas de besoins pour les événements et célébrations importantes.

—   L'école est fermée pour les vacances et la ville nous prête le lieu aujourd'hui avant de le réquisitionner pour l'organisation de la grande soupe populaire du 24.

–   George vous devriez être maire de cette ville !

–   Houla…

–   …Et en plus elle est toute neuve, hein George ?

Delphine et George affichent une complicité et une efficacité étonnantes.

Tout paraît si simple en leur compagnie.

–   C'est l'endroit parfait. Nous pourrons rattraper notre retard, merci George.

Je retourne en coup de vent au cottage, je prends les rares ingrédients encore utilisables, je kidnappe Gretchen à peine réveillée, je l'entraine chez Linda pour dévaliser de nouveau son commerce, puis nous arrivons à l'école.

Nous nous mettons au travail pendant que George emmène Cédric en promenade.

En moins de temps qu'il n'en faut pour chanter trois « *Petit papa Noël* » et douze « *Jingle bells* », la grande cuisine est entièrement tapissée de préparations pour cookies, pâtes à gâteaux et autres décorations fantaisistes.

J'entends résonner dans ma tête le générique d'une émission de concours culinaire que nous adorons suivre tous les ans à la télévision avec Anthony. Je me sens pousser des ailes. Ou des fouets, c'est plus approprié dans ce cas précis.

La cuisine est équipée d'un matériel digne des plus grands restaurants. Les fours sont immenses, nous pouvons y faire cuire une quarantaine de petits gâteaux à la fois.

Nous essayons, testons, recommençons sans cesse, afin de trouver l'équilibre parfait des saveurs : cannelle, vanille, chocolat, caramel.

Nappages citron, fraise, coco...
Lait de vache ou lait d'amande, avec ou sans crème pâtissière.
Saupoudrés de paillettes comestibles, ou non. Surmontés d'une ganache montée ou d'un glaçage. Avec ou sans pâte à sucre...
Nous testons tout et essayons différentes recettes pour ne pas passer à côté de l'idée géniale.

Nous nous connaissons depuis peu, mais nous arrivons à nous comprendre et à nous entendre. Nous créons ensemble, dans l'espoir de faire gagner le concours à Gretchen. En y réfléchissant bien, je crois qu'au final c'est même plus profond que ça. Comme un besoin pour chacun de nous de se sentir « capable ».
Capable de réaliser quelque chose d'unique et de délicieux.
Quelque chose qui ravira tous ceux qui goûteront nos compositions.
Et arriver à être fiers de nous !
C'est ça !
Créer ensemble pour se donner la force de ne pas abandonner et d'aller jusqu'au bout.
Chacun de nous a envie de ravir les palais des gourmands et y met tout son cœur.
Tout à coup, Gretchen semble préoccupée :

— Ça ne va pas les enfants !
— Comment ça ? Qu'est-ce qui ne va pas ?
— Il nous manque quelque chose. Le petit truc en plus pour gagner.
— Avec tout ce qu'on a déjà fait ?
— Ne jamais se reposer sur ses acquis Franck. Il faut

dépasser nos limites.

— Perso, j'ai déjà bien dépassé les miennes en maniant ce rouleau à pâtisseries et ce moule douteux en forme de renne.

— Je ne rigole pas. Il faut qu'on se démarque.

Nous réfléchissons ensemble, quand mon esprit est bousculé par la sonnerie de mon téléphone.
C'est Anthony.

— Allô mon cœur, tu vas bien ?

— Ça va oui. Je suis descendu manger un bout avec mes collègues. La météo ne s'améliore pas ici.

— Oh merde !

— Comme tu dis…

— Écoute, il nous reste quelques jours avant le réveillon du 24, tout peut encore changer.

— Tu t'es cru dans un de tes téléfilms de Noël ?

— Si tu savais...

— Quoi ?

— Non rien, c'est tellement surréaliste ce qui se passe dans cette ville.

Anthony veut tout savoir. Je laisse donc les filles plancher seules sur un plan génial et sucré pour prendre le temps de raconter en détails mes aventures à Anthony.
Il ne cesse de répéter des « *sérieux* ? »
A tel point que je doute de mon objectivité et lui confie que je vis peut-être une illusion. Ne serais-je pas en train d'enjoliver une simple série de catastrophes ?
Me mettrais-je en danger à voir de la magie partout dans cette ville alors que chaque instant heureux est précédé d'un

désastre ?

—   Mais non ne dis pas ça mon chéri. Tu es à ta place dans cette ville. Donc tout te paraît simple et sans danger. Prends ce que tu as à prendre tant que tu y es. Ça va passer vite. N'en perds pas une miette.

—   Certainement. Je regrette juste de ne pas louper les préparations des gâteaux avec toi, ce serait tellement plus amusant !

—   ...et de voir s'écrouler notre maison en pain d'épices aussi ?

Silence...mon chéri est un génie !!

—   Franck, t'es toujours là ? Ce n'est pas vraiment de ta faute si elle était loupée tu sais. Ça arrive à beaucoup de gens de confondre le sel avec le sucre et...

—   ...attends ne quitte pas mon cœur. T'es génial, merci.

—   Ça je le sais mais...ok je ne quitte pas.

Je reviens dans la cuisine à la vitesse d'un boulet de canon, je me poste devant mes deux acolytes de cuisine :

—   Et une grande maison en pain d'épices ? Ce ne serait pas génial ?

Je vois le visage de Gretchen s'illuminer.
Je comprends que j'ai fait mouche.
Ce sera donc une grande maison en pain d'épices décorée de bonbons de toutes les couleurs, surmontée en plus d'un nappage coco/vanille et remplie de cookies, gâteaux et sucre

d'orge maison. Rien que ça !!!

Anthony est sur haut-parleur, les filles se joignent à moi pour le remercier.

Même si c'était involontaire. Il est amusé et nous nous quittons de nouveau pour réaliser son idée de génie.

Quelques temps plus tard, je vais rendre une visite aux ouvriers, je suis curieux de voir l'avancement des travaux.

Quelle ne fut pas ma surprise de constater encore une fois que les lutins, les elfes et toutes les bestioles magiques de Christmas Land étaient venues prêter main forte.

Sinon, comment auraient-ils pu nettoyer et repeindre les murs en si peu de temps ?

J'échange quelques mots avec le chef, qui s'apprête lui aussi à rejoindre le Home Made de Mathilde et Mika pour assister au concours :

—   Vous me direz combien tout cela va coûter, j'essaierai de m'arranger avec le notaire lors de la succession.

—   Ne vous bilez pas m'sieur Franck. Alice avait prévu large, elle voulait le meilleur.

—   Vous voulez dire que je n'aurai rien à payer ?

—   Absolument ! Votre tante était très généreuse et elle soutenait notre entreprise locale.

—   Je ne sais pas comment vous remercier...

—   Ah mais ce n'est pas moi qu'il faut remercier, c'est votre tante.

C'est exactement ce que j'expliquais à Anthony, une catastrophe suivie d'une réparation magique et avantageuse !

Il m'a cloué le bec.
Alice avait tout prévu.
Mais cela ne m'étonne pas totalement.
Ma tante était toujours prévoyante et encore une fois sa géné-
rosité pour l'entreprise locale aura permis cette réparation,
comme si elle avait pu l'anticiper.

Cela me rappelle quelques souvenirs…

19

Nous sommes le vendredi 14 Juillet 1989. J'ai sept ans.
Nous célébrons cette année le bicentenaire de la révolution
Française.

Cet événement fêté en grande pompe dans toute la France,
n'évoque rien pour moi, si ce n'est la confection d'un costume
et le plaisir de me déguiser en petit révolutionnaire.

Ma mère avait cousu mon bonnet phrygien, qui a pris l'allure
d'un symbole au fil du temps, celui de son amour.

Ma sensibilité aiguisée par les absences fréquentes de ma
mère, s'est canalisée sur des objets sans grande valeur, si ce
n'est celle du cœur, mais qui avaient pris du temps à ma mère,
elle qui en avait si peu.

Nous passons la journée dans un village près de chez Alice.
Une magnifique journée d'été au ciel bleu dominant, toile
de fond d'un soleil éclatant.

Le village aurait pu rivaliser avec Christmas Land tant les
décorations aux couleurs tricolores étaient splendides et
démesurées : lampions, banderoles, stands sucrés, stands
salés, piste de danses folkloriques au milieu de la petite place
du village.

Tout était grandiose à travers mes yeux d'enfant lunaire.

Avec Alice nous assistions médusés à toutes ces festivités locales, plus folles les unes que les autres, tels deux citadins exilés et bouches bées. Du traditionnel défilé de chars, au concours de sauts en sacs de toile de jute, que nous n'avons malheureusement pu gagner suite à une chute mémorable dès le départ de la course, jusqu'au magnifique feu d'artifice organisé par la petite commune.

A sept ans, doté d'une imagination sans limites, le petit garçon que j'étais ne voyait que magie et féérie.

Je me souviens encore du goût du sandwich saucisse/ketchup recouvert de « frites maison » que nous avons dévoré. Puis de l'énorme barbe à papa rose sucrée que je dégustais comme si je commettais un péché, car ma mère n'aurait pas apprécié que je mange de sucre aussi tard.

Tout était parfaitement doux, sucré et festif.

Puis ce fut la catastrophe !

Après le feu d'artifice, alors que nous nous dirigions vers la maison, des gamins lancèrent des pétards à côté de l'enclos à chevaux, ceux-là même qui avaient tiré les chars de la parade un peu plus tôt dans l'après-midi.

Paniqués, les chevaux défoncèrent la porte de l'enclos à coups de sabots, avant de se mettre à galoper au milieu de la foule compacte.

Des cris fusèrent, dans la nuit, sans que nous ne sachions ce qu'il était en train de se passer.

Alice, stoïque, sûrement pour ne pas m'inquiéter, me saisit alors la main et me fit presser le pas afin de nous écarter de cette cohue.

Malheureusement la course effrénée des chevaux provoqua la peur des habitants qui se mirent à courir à leur tour, de peur de se faire renverser.

En quelques secondes, nous étions encerclés de gens hurlant et courant dans tous les sens. Des parents tiraient le bras de leurs enfants, certains tombaient...
Nous sommes passés sans transition d'une fête réjouissante à une fuite cauchemardesque.

   –   Ne traîne pas Franck, il faut qu'on se dépêche. Ça va aller. Les chevaux veulent jouer à chat et nous attraper.

Je ne crois pas qu'elle ait pu me rassurer avec ce mensonge. Serrant mon bonnet comme s'il avait pu me protéger de toute agression, je regardais ces magnifiques chevaux si doux pendant le défilé se transformer en animaux furieux et dangereux. Fuyant le plus rapidement possible, je lâchais d'un coup mon objet fétiche, qui s'envola à travers cette marée humaine, tel un cerf-volant pris au piège au cœur d'une tempête.
Je lâchais la main d'Alice, le cœur déchiré à l'idée de ne jamais revoir mon précieux bonnet, et me précipitais vers lui.
Mais impossible de le trouver, il y avait trop de monde, j'étais effrayé par les cris et je n'y voyais plus rien, je venais de perdre le symbole de la présence de ma maman avec moi !
Et soudain, le choc !
En une fraction de seconde, sans comprendre ce qu'il m'arrive, je me sens projeté au sol par une force surhumaine.
Un silence assourdissant remplace alors les bruits de fracas autour de moi.
Puis les cris d'Alice, qui hurle mon nom au loin, parviennent à mes oreilles.
Ce sont les derniers sons que j'entends avant de fermer les yeux et de me laisser plonger dans un long sommeil, non consenti. Une petite musique douce résonne alors dans mon

esprit et rend mon évanouissement un peu moins effrayant. Une petite comptine que ma mère me chantait le soir avant de m'endormir : « *Feu de bois, feu qui chante, joli feu de bois, feu qui chante dans le vent qui passe...* »

—   Franck, mon cœur, tu vas bien ? Prends ton temps pour ouvrir les yeux.

C'est la voix d'Alice qui prend le relais de ma douce chanson.
Je recouvre lentement la raison.
Nous sommes de nouveau à la maison, bien loin de la cohue.

Allongé sur le grand lit de ma tante, je tente de reprendre doucement connaissance.
Je passe d'un état inconscient agréable, à un retour au réel lent et chaotique.
En ouvrant les yeux je pense d'abord apercevoir le visage de ma mère, mais ce dernier s'obscurcit très vite pour laisser la place à des traits, certes assez similaires, mais moins maternels.
Je vois l'inquiétude quitter peu à peu le regard de ma tante pour laisser place à un grand soulagement.
Elle me serre dans ses bras avec une telle force que je manque d'étouffer.
Je pose une main sur mon front et sens la texture du pansement qui le recouvre :

—   Tu vas bien mon petit cœur ? Je suis désolée je t'ai perdu quelques secondes et un cheval t'as fauché. J'ai eu tellement peur.

– Mon bonnet...
– Quoi ?
– J'ai perdu mon bonnet tata et j'ai un peu mal à la tête.

Alice prend alors un air plus grave.
Elle m'embrasse délicatement le front puis se lève tranquillement afin d'aller vers la grande table de la salle à manger. Elle y prend d'abord un grand verre d'eau, qu'elle me rapporte, puis retourne prendre quelque chose que je peine encore à distinguer.
Elle s'approche de moi et me tend un morceau de tissu de velours vert et rouge.
Je me souviens encore de sa douceur.
J'en aurais bien fait un nouveau doudou pour dormir. Je la regarde, un peu étonné.
Elle me fait signe de le prendre et elle me le tend de nouveau.
Je me saisis de la petite pièce de tissu et l'ouvre délicatement.
Et là, le miracle se produit.
Mon bonnet ! Immaculé ! Encore imprégné de l'odeur de ma mère.
Je le serre très fort contre mon cœur et remercie ma tante de l'avoir sauvé des sabots des chevaux. Elle me prend tendrement dans ses bras.
Quelques années plus tard elle me confia ce secret :

– Quelques semaines avant notre départ, j'étais avec ta mère pendant qu'elle cousait ton bonnet. Je lui ai demandé d'en coudre un deuxième et de l'asperger de son parfum. Je savais ton attachement pour tout ce que fabriquait ta mère. Et je préférais anticiper une crise éventuelle. Pas si bête la tata hein ?

Oui, Alice a toujours eu un coup d'avance !

20

Le Home Made est plein !

Toutes les tables ont été poussées pour laisser un immense espace vide en plein cœur du restaurant où tous les férus de sucres et de festivités de Noël semblent s'être agglutinés.

Seule une grande table trône au fond de la pièce sur laquelle sont disposées toutes les créations des pâtissiers en herbe.

Les sourires sont crispés. Les regards tantôt noirs, tantôt jaloux, tantôt faux.

La compétition bat son plein.

Gretchen ne dénote pas.

Parée d'une belle et longue robe rouge, elle semble survoler cette compétition et ses concurrents.

Je m'approche d'elle :

– Je suis la plus belle non ?
– Y'a pas photo.

Très fière, elle me sourit.

– Le rouge est de saison. Je ressemble à un gros grelot mais au moins on ne peut pas me louper.

– Je vous le confirme, on ne peut pas vous louper. Pensez-vous que cette superbe robe vous aidera à gagner ?

– Je n'en sais rien, mais on parlera de moi demain. Je peux vous le garantir.

– Gretchen…Gretchen…vous m'amusez…

– Tant que je provoque quelque chose chez vous, ça me va. Allez, souhaitez-moi bonne chance !

– Bonne chance petit grelot.

Je me glisse près de Delphine, Linda et George, nous avons compris qu'il fallait laisser Gretchen briller seule.

Et la bonne nouvelle c'est que personne d'autre ne présente une maison en pain d'épices. Et quelle maison !

Montée avec pour base un pain d'épice d'un joli marron clair uniforme et recouverte de mille autres couleurs. Un glaçage blanc, des bonbons et de nombreuses autres friandises, lui confèrent un aspect féérique. On se croirait dans « *Hansel et Gretel* ».

Le concours commence.

Les jurés passent de création en création et semblent séduits.

Les lèvres de notre Gretchen se pincent un peu plus à chaque présentation…

Cookies licornes multicolores, Muffins de Noël en forme de bonshommes de neiges, Traîneau du père Noël en génoise…

C'est à celui ou celle qui aura eu l'idée la plus folle et la plus délicieuse.

Les jurés arrivent enfin devant la création de Gretchen.

Ils sont étonnés, c'est évident. Ils se penchent vers elle, relèvent certains détails, prennent des notes, chuchotent et échangent entre eux quelques informations secrètes, puis adressent des sourires complaisants à Gretchen.

Je suis inquiet, elle pourrait leur sauter au visage tout en sortant ses griffes manucurées si elle perdait.

Je la regarde alors qu'elle affiche un calme Olympien. C'en est presque inquiétant.

Elle leur fait alors un signe de la main, comme pour leur demander d'attendre un peu.

C'est alors qu'elle s'avance devant la table et se met à manipuler une télécommande qui vient actionner un mécanisme ! Le toit de la maison s'ouvre et de minuscules éclairages illuminent les murs en pain d'épices, pendant qu'une musique douce de Noël commence à arriver à nos oreilles.

Je suis ébahi…. Et les personnes présentes dans le restaurant applaudissent.

Elle invite les membres du jury à se servir en sucres d'orge et gâteaux, habilement déposés dans la maison, et se paye même le culot d'aller en offrir à ses concurrents déconcertés. Puis elle se tourne vers nous pour partager un clin d'œil complice et conquérant.

George, près de moi, a les yeux remplis d'admiration :

—   Cette femme est pleine de surprises.
—   Elle est totalement allumée, je l'adore.

Gretchen, après avoir réussi son coup de maître, ne manque pas de nous mentionner, Delphine et moi, avant de nous faire venir auprès d'elle pendant les délibérations.

Dois-je vraiment vous faire l'affront d'un faux suspens concernant le vainqueur ?
Deux mots : ET BIM !

Gretchen gagne !

À cet instant précis, la petite mélodie triste qui semblait m'habiter depuis quelques jours, notamment depuis la perte de mon job, semble s'estomper peu à peu.
Je prends beaucoup plaisir à vivre ces instants joyeux.

Mon échange avec Anthony, ce matin, contribue aussi grandement à cette sensation de bien-être.
Bien que coincé à l'autre bout du monde, et regrettant de ne pouvoir partager ces moments inattendus et incongrus avec moi, nous partageons à distance cette excursion insolite dans ce village hors du commun.

Après le concours, place à la fête !
Mathilde et Mika nous invitent à déguster leurs préparations et à boire en l'honneur de la gagnante et de ses malheureux concurrents.
Gretchen, telle une maitresse de cérémonie a un mot pour chacune des personnes présentes. Elle excelle dans l'art d'être surprise et reconnaissante chaque fois qu'on la félicite pour sa victoire, ou sa robe éclatante.
Je m'amuse beaucoup, je déguste, je bois, j'échange, nous rions ensemble, la compétition est terminée et nous devisons gaiement de tout et de rien comme de vieux amis.
L'atmosphère est à la fois douce et électrisante.
Un joyeux vacarme !

—   Alice aurait adoré cette soirée.
—   Vous pensez ?
—   Elle aimait quand on se retrouvait tous ensemble pour

les festivités.

— Vous savez Linda, je vais être très honnête avec vous. Je ne savais pas du tout à quoi m'attendre en arrivant ici. Ma tante était si forte et si spéciale à la fois. Je craignais qu'elle ne se soit isolée ces dernières années.

— Oh non ! Elle était lumineuse et a choisi une petite ville qui lui allait merveilleusement bien.

— Et j'en suis heureux ! Elle a trouvé son havre de paix.

— Il faut croire. Même si elle souffrait d'une absence…

— …laquelle ?

— Votre mère et vous ! Elle vous aimait tant. Je crois qu'elle a construit sa vie ici, en pensant au jour où vous découvririez cet endroit.

Je comprends qu'il n'y a pas de préjugés dans cette déclaration, juste la transmission de l'amour d'Alice aux êtres qui lui sont chers.

Elle s'était faite plus discrète ces trois dernières années, notamment sur cette nouvelle vie à Christmas Land. Je n'ai jamais osé lui poser trop de questions. Encore moins ces derniers temps. C'est peut-être là mon erreur.

Je remercie Linda pour ses gentilles paroles et continue de discuter avec elle pendant encore quelques minutes.

Les amis du club de lecture nous rejoignent et j'apprends tout ce qu'il y a à savoir sur les habitudes de leurs réunions, la sélection de leurs lectures, des anecdotes sur ma tante et son choix parfois déroutant de livres coquins.

Notre entretien est ponctué de rires et les souvenirs évoqués transforment cette soirée en un magnifique hommage à Alice.

J'étais sur le point de rejoindre le cottage quand Delphine me rattrape :

– Franck, Franck ! Avant que vous ne partiez, je voulais vous prévenir que j'ai organisé une visite du cottage pour après-demain. C'est peu mais avec les fêtes...

– C'est déjà super ! Merci beaucoup.

– Ça fait partie de mon job. Je pense que les nouvelles photos que vous m'avez envoyées attireront des acheteurs.

– Oui...

– Enfin si vous le souhaitez toujours ?

Sur le chemin du cottage, j'aperçois une silhouette qui nous observe, intrigué, je me concentre sur cette personne mais je suis trop loin pour distinguer ses traits.

Je reprends mes esprits et réponds à Delphine :

– Bien sûr je tiens à vendre le cottage au plus vite. Delphine je vais rentrer, je suis épuisé. On en parle demain d'accord ?

– Je ne vous retiens pas, à demain.

J'accélère le pas pour m'approcher de cette ombre qui me semble familière.

Après quelques glissades et une petite foulée maladroite, je ne la vois plus, elle s'est évaporée dans la douce nuit d'hiver.

Levant les yeux au ciel, je me laisse aspirer par la vision de la voûte céleste, limpide, claire, impressionnante et si majestueuse.

Je flotte dans un océan galactique. Je me sens léger.

Je reste quelques minutes le nez en l'air à observer la lune.

Puis les étoiles. Je guette la première qui osera filer devant mes yeux et me permettra de faire un vœu.

En vain...Elles restent toutes à leur place. Stoïques !

Je me tourne alors vers le cottage, paré de toutes ses décorations. Il brille de mille feux dans la nuit.

J'entends au loin la clameur de la petite ville qui prolonge les festivités d'après concours au travers d'une soirée dansante. Après la tempête de l'autre jour, les habitants et les touristes sont heureux de fêter le coup d'envoi des festivités de Noël ! La nuit sera douce et belle pour tout ce petit monde.

21

Une nouvelle journée vient de s'écouler. Et quelle journée !!
Je m'assois quelques instants sur un des fauteuils du porche.
Bien au chaud dans un gros plaid, je contemple une dernière
fois le reflet des lumières scintillantes des décorations de la
maison dans la neige. Comme un écran naturel sur lequel se
joue une symphonie aux mille couleurs. Je tente d'appeler
Anthony mais il ne répond pas. J'envoie un petit cœur par
message et lui souhaite une belle nuit.
Mon téléphone se met alors à vibrer quasi instantanément
après l'envoi du message.
Je décroche presque instinctivement :

—   Allô mon petit chéri, comment vas-tu ?
—   Ça va maman ? Je suis désolé, je voulais t'appeler plus
tôt mais tout s'est enchaîné très vite.
—   J'imagine. Tu tiens le coup ? Je sais combien tu aimais
Alice…
—   Je tiens le coup. Et toi, comment le vis-tu ?
—   Comme quelqu'un qui vient de perdre sa grande
sœur !
—   …

Je l'entends retenir un premier sanglot. Puis un deuxième. Je sens sa gorge se nouer, mais elle trouve quand même la force de répondre :

—   Je regrette de pas avoir été auprès d'elle. Elle est partie seule. Et je ne peux même pas venir lui rendre hommage.
—   Maman s'il te plaît. Alice n'aurait pas aimé que tu viennes pour la pleurer. Elle aimait te voir heureuse et souriante.
—   Je sais...
—   Alice est avec toi. Et je peux t'assurer qu'elle est partie heureuse et entourée. C'est fou à quel point les gens l'aiment ici.
—   C'est vrai ?

Elle éclate alors en sanglots. Comme rassurée et libérée d'un poids.

Ma mère a perdu l'usage de ses jambes quelques mois après ma naissance, dans un terrible accident de voiture.
Mais, elle a transformé son handicap en une nouvelle force. Presque un atout...
Elle n'a jamais cessé de travailler, de conduire ou de voyager.
Ce n'était pas toujours facile mais elle se réjouissait, tout simplement, d'être en vie.
Alice était présente à ses côtés et l'a toujours encouragée à se dépasser.
Je profitais de mes étés pour faire la fête avec ma tante, pendant que ma mère passait les siens en cure ou en rééducation, ponctuant ses journées avec son travail, sa passion.
Ma mère est scénographe !

Elle imagine les plus beaux décors, pour les plus belles scènes, des plus beaux projets, à travers le monde entier. Un métier qui « *fait travailler l'imagination plus que les jambes* » comme elle s'amuse à dire. Je dis rarement que ma mère est handicapée mais plutôt qu'elle est une super héroïne qui domine la planète depuis son fauteuil. C'est notre force à tous les deux, dans notre petit monde où Alice tenait une place importante. Elles étaient à la fois sœurs, amies et confidentes. Ce qui avait le mérite de rassurer ma mère, ou de la conforter, notamment face à certaines épreuves de la vie comme celle de ce père qui ne souhaitant pas me reconnaître, tentait de nous nuire.
Mais elle a toujours su prendre le recul et rebondir très vite.
C'est une femme connue et respectée dans son milieu.
Mais, aujourd'hui elle est âgée et très faible. Je veille sur elle plus que jamais.
Ce qui nous a malheureusement un peu éloignés d'Alice ces dernières années, toujours avide de nouvelles aventures. Ma mère met un point d'honneur à ce que je sois heureux dans ma vie d'homme. Elle adore Anthony.
Il est comme un deuxième fils pour elle.

—   Ne pleure pas maman. Ça va aller. Je vais m'occuper de tout. Ne t'inquiète pas.
—   Je n'en doute pas mon chéri. Merci.
—   Je vais t'envoyer des photos du royaume d'Alice. Tu vas voire c'est magnifique.
—   J'ai hâte de voir ça. Merci.

Je la sens bouleversée et fatiguée. Je décide donc d'écourter la conversation :

–   Je t'aime maman. Repose-toi.

–   Je t'aime mon fils. Et c'est à moi de te dire de te reposer, c'est moi la maman !

Notre appel, comme tous nos appels, se finit sur un sourire.
Je l'embrasse tendrement et la laisse aller se reposer.
Il est temps d'aller me mettre au lit également.
Je veux être en forme pour la visite de demain.

Ce séjour me ravit, et je constate que je suis plus apte à réfléchir à ma nouvelle opportunité professionnelle. Je commence à prendre le recul nécessaire dont j'avais besoin depuis un moment, en improvisant des décisions qui incomberont bientôt au nouveau propriétaire du cottage de ma tante.
Et maintenant, réaliser cette vente est une responsabilité que je souhaite faire avec discernement.
Cette parenthèse me permettra de retrouver au plus vite ma vie Parisienne, mes amis, ma famille avec un état d'esprit plus léger, plus ouvert à de nouvelles opportunités.

Je ressens les bienfaits positifs de ce décrochage et la douleur d'avoir perdu ma tante s'estompe, simplement parce qu'elle est étonnamment présente.

22

Le jour se lève. D'un bond je me projette dans cette journée pleine de promesses.

Avant d'aller me restaurer chez Mathilde et Mika, je consulte le dossier confié par Delphine. Le rendez-vous fixé par « Maxwell Entreprise » aura lieu en fin de matinée.

Cela me laisse un peu de temps. Ils sont spécialisés dans la réhabilitation de demeures anciennes en chambres d'hôtes de luxe.

Ils sont très intéressés par le cottage.

Cette visite est de bonne augure pour la ville et cet endroit.

Je me précipite sur mon copieux petit déjeuner !

En arrivant je suis étonné de voir si peu de monde à table, alors que la ville déborde de touristes.

Les plus jeunes assurent le service, épaulés par les nouvelles recrues.

Je me fends d'une petite blague sur Mathilde et Mika qui n'auraient pas entendu leur réveil après une soirée bien arrosée…

Je sens un malaise chez la serveuse, elle me sourit poliment, note ma commande sans prendre la peine de me répondre.

Ni plus, ni moins, je me prends un vent !

Mais je cache ma vexation, sûrement par fierté, et tente de conserver ma bonne humeur.

J'ai un peu de temps devant moi, je check mes mails que je n'ai pas consultés depuis mon arrivée ici.

Vingt-deux mails du boulot en attente...rectification, de mon ex boulot !

J'hésite à les lire mais la curiosité me pique et je décide quand même de les parcourir rapidement.

Et là, c'est la surprise !!!

Je n'en crois pas mes yeux, je dois relire...J'en oublie mon petit déjeuner...

Mon ex patron, sur un ton plutôt calme et politiquement correct dans ses premiers échanges, finit presque par ramper et tenir un discours pathétiquement drôle afin de trouver la moindre excuse pour que je revienne au plus vite !

Son dernier message envoyé la veille à vingt-deux heures trente-deux est plus que pathétique. Mes exigences seront les siennes si je lui accordais la faveur de reprendre mon poste.

Après avoir rempli ma boite mails, il s'en excuse, comprend que je prenne le temps de la réflexion et m'assure qu'il n'osera plus me solliciter mais reste dans l'espoir d'un appel de ma part.

Il est temps de retourner à mon petit déjeuner, et de le dévorer. Tout cela m'a creusé.

Je laisse mon cerveau enregistrer toutes ces informations. Et pour être honnête, j'en profite aussi pour savourer ce retournement de situation inattendu.

J'ai l'impression de revenir à l'école primaire, dans la cour de récréation quand nous nous passions des petits papiers, tels des QCM, sur lesquels il fallait entourer le « oui » ou le « non » suivant que l'on était amoureux ou si on voulait manger ensemble à la cantine.

C'est ridicule !

Mais je suis bien embêté. J'étais presque soulagé de ne plus assurer ce boulot/prison qui me servait de repère, grâce à son salaire attractif et son statut social sécurisant.

Les belles résolutions commençaient à voler en éclat en quelques clics.

Je ne peux pas prolonger cet inconfort et décide d'appeler immédiatement mon patron. J'ai aujourd'hui la force de lui tenir tête, je ne le crains plus du tout.

Il décroche de suite :

– Franck, je suis heureux que vous me rappeliez. Vous avez eu mes mails ?

– Oui je les ai eus…

– J'ai fait une erreur ! J'aurais dû vous confier plus de projets importants...

– ...et m'accorder la promotion !

– Et la promotion, oui ! Écoutez Franck, demain après-midi aura lieu la dernière réunion pour les budgets de l'année prochaine avec le conseil d'administration. Je peux essayer de vous décrocher quelque chose. Peut-on se voir pour en parler ?

– Essayer, ne sera pas assez. Par ailleurs je ne suis pas sur Paris pour le moment. Je suis dans la Creuse.

– J'entends bien ! Mais vous ne serez pas déçu, vous avez ma parole. Sautez dans un train ou un avion et déjeunons ensemble demain midi pour en parler.

– Je vais y réfléchir…

—   Tenez-moi au courant dans la journée, ok ?

—   Je vois et je vous dis !

« *Je vois et je vous dis* » ? Sérieux ? J'ai dit ça ?
Certes il faudra bien que je rentre, mais certainement pas
demain, c'est trop tôt.
J'ai des affaires à régler et j'ai besoin d'approfondir les rela-
tions avec mes nouveaux amis. Amis étrangement absents
ce matin !

Le temps passe et je ne vois toujours pas l'ombre de l'un
d'entre eux.
Ce matin, j'ai pourtant entendu Gretchen partir quelques
minutes avant moi sans que j'ai le temps de la saluer.

Mais où sont-ils tous passés ?

Je quitte le Home Made et je vois de plus en plus de
monde défiler devant le restaurant sans s'arrêter. Je surprends
quelques regards noirs qui me sont adressés.
Je m'interroge et commence à m'inquiéter.
Aurais-je omis une festivité matinale comme un lancer de
boules de neige ou une course à dos de rennes ?
Je retourne dans le Home Made pour questionner un des
serveurs :

—   Excusez-moi, vous savez où vont tous ces gens ?

—   Au cottage !

—   Au cottage ? Comment ça au cottage ?

—   Oui ils vont manifester devant car le type qui en a
hérité veut le revendre à un promoteur un peu louche apparemment.

– Mais il n'a rien décidé du tout et…rrrrroh JE n'ai rien décidé du tout ! Qu'est-ce que c'est que ces conneries encore ?!?

Mon sang ne fait qu'un tour.
Le serveur, gêné d'avoir vendu la mèche au principal intéressé fonce prévenir ses collègues de sa bourde. Tous se mettent alors à me dévisager.
Je me lève d'un bond et me dirige vers eux, le regard noir.
Ils sont pris de court, comme s'ils avaient la respiration coupée.
Deux d'entre eux s'échappent dans la cuisine.
Reste le jeune serveur maladroit qui me fait face :

– L'addition et illico !
– Oui Monsieur !
– Et tant qu'à faire courir des rumeurs, faites au moins courir de VRAIES rumeurs s'il vous plaît…
– Bah ce ne serait plus des rumeurs dans ce cas…

Le petit con m'a pris de court.
Je règle la note en essayant de garder le peu de dignité et d'amour propre qui me restent. D'un pas ferme et décidé, je pars affronter cette foule de gilets rouges à grelots !

En remontant le chemin qui mène au cottage, la colère monte à son paroxysme, conjuguée à une crainte grandissante.
Comment est-il possible que les mêmes personnes m'ayant accueillies à bras ouverts, il y a seulement quelques jours, puissent retourner leurs vestes aussi rapidement ?

Je n'ai reçu aucun signe avant-coureur !

J'espère qu'il s'agit d'une mauvaise interprétation du jeune serveur, je ne vois pas comment il pourrait en être autrement…

Ou pas…

« SAUVONS LE COTTAGE »
« L'ÂME DE NOTRE VILLE »
« SANS COTTAGE PLUS DE FÊTES »

Voilà un échantillon des messages inscrits sur les pancartes dressées par les manifestants. Le parterre enneigé devant l'entrée du cottage est envahi.

J'hallucine !!!

Au passage je me fais copieusement huer par une bande de lâches infoutus de venir me dire en face ce qu'ils ont sur le cœur.

Puis…je vois mes amis. Est-ce réel ?

Gretchen, George et Delphine font parti des manifestants aux côtés de Mathilde et Mika.

Mon cœur se déchire. Leurs regards sont froids. Je me dirige directement vers eux :

–   C'est quoi ce délire ? Qu'est-ce qui vous prend à tous ?
–   Nous avons peur pour l'âme de notre ville Franck !
–   Quoi ? Mais qu'est-ce que vous racontez George ?
–   Quand Delphine nous a dit que vous aviez accepté que « Maxwell Entreprise » vienne visiter le cottage, nous avons pris peur…
–   Et vous avez décidé de faire des pancartes en même temps que vos cookies ? Vous ne pensez pas que vous auriez

178

pu m'en parler avant ?

—   Ils ont peur Franck, comprenez-les.

—   Non je ne comprends pas Gretchen ! Et Delphine, c'est vous qui m'avez trouvé ce rendez-vous, je ne vous ai rien demandé.

—   Je suis désolée, je ne pensais pas que vous accepteriez.

—   Vous ne pensiez pas que … je rêve…

Pris de court, je ne sais plus quoi leur répondre.
Je suis tellement en colère que je pourrais leur hurler dessus et les insulter.
Je me sens trahi et le constat de ma crédulité augmente ma mauvaise humeur.
Je prends conscience qu'un sapin coupé dans les bois, un repas partagé ou encore un concours gagné ensemble ne sont pas synonymes d'amitiés naissantes.
Seul le temps est le garde-fou de ce lien.
Et pour l'instant le temps c'est de l'argent :

—   Ne vous inquiétez pas, nous n'allons pas rester et encore moins gêner votre visite. Nous sommes juste venus vous faire entendre nos craintes...

—   ...de manière un peu brutale. Mais ok, j'entends. Maintenant si vous voulez bien quitter ma propriété.

—   Bien sûr !

George, en bon chef de file, fait un signe de ralliement et encourage tout le monde à partir. Les gens balancent leurs pancartes au sol.
Ils repartent calmement comme ils sont venus.

—   Vous comprendrez que par solidarité j'ai préféré aller séjourner chez Mathilde et Mika, je suis désolée.

—   Qu'est-ce que vous voulez que je vous dise Gretchen ? Faites comme vous voulez.

J'entre dans le cottage le cœur lourd, dépité et malheureux. En franchissant la porte, j'entends ce silence lourd derrière moi, il est palpable.

Qu'ont-ils cherché à faire en abandonnant aussi vite ?

Quelles émotions les ont guidés ?

Et je m'en moque. Je ressens cette sensation bizarre dans mon corps qui pourrait briser toute force et toute confiance. Je m'assois dans le salon, chamboulé, le regard dans le vide. Je ne comprends pas.

Mais à peine ai-je le temps de laisser mon esprit commencer à analyser cet évènement, que mon téléphone se met à sonner...

23

– Bonjour, c'est Monsieur Maxwell de « Maxwell Entreprise ». Je voulais vous prévenir que nous sommes en approche de votre cottage. Nous arriverons dans une quinzaine de minutes.
– C'est parfait, je vous attends !

Le temps pour moi d'aller ramasser les vestiges d'une bataille éphémère et ridicule et de reformer un sourire accueillant.
Delphine se fend d'un texto me demandant si je souhaite qu'elle soit présente pour la visite.
On rêve ! Elle trouve l'unique acheteur, monte la ville contre moi et voudrait encore se présenter pour la vente ?
Je réponds d'un glacial « *Je pense que vous en avez assez fait ! Je peux me débrouiller seul* » et me prépare donc à vendre ce cottage au plus vite. Coûte que coûte !

Quinze minutes plus tard, une grande berline noire se gare devant le portail du cottage. Il ne manque plus qu'un long tapis rouge pour transformer cette arrivée en une médiocre cérémonie de télé-réalité.
Trois individus descendent du véhicule.

Un homme, grand, au sourire carnassier, d'une cinquantaine d'années, cheveux grisonnants. Un jeune homme chétif, affublé de lunettes trop grandes et d'un énorme attaché case, puis une jeune femme vêtue d'un tailleur cintré et coiffée d'un chignon parfaitement ajusté. Ce qui n'est pas sans me rappeler celui des hôtesses de l'air. Le point commun de ces trois personnes ? Un visage froid et totalement hermétique à la beauté du lieu.

L'énorme dentition blanche du patron m'aveugle par son éblouissement alors qu'il se tient encore à quelques mètres de moi.

En s'avançant dans l'allée, le jeune homme manque par deux fois de glisser, ce qui agace fortement sa collègue qui marche à la même hauteur que lui.

Ils arrivent près de moi. J'essaye de maintenir un sourire poli mais j'ai beaucoup de mal à rivaliser avec celui de cet homme, il doit passer des heures à s'entraîner devant son miroir pour obtenir ce mix parfait entre satisfaction et dédain :

    – Bonjour, je suis Monsieur Maxwell et voici mes deux assistants, Paul et Virginie.

    – Rien à voir avec le roman.

    – Paul, je vous en prie…

    – Bienvenu au Cottage ! Merci de prendre le temps de venir le visiter.

    – Vous plaisantez ? Merci à vous de nous permettre de pouvoir le découvrir en vrai.

Je les invite donc à entrer et leur propose de commencer la visite.

Si dans un premier temps ils semblent intéressés, voire excités, je constate rapidement qu'ils sont bien plus accaparés par leurs portables et leurs gadgets électroniques que par le cottage en lui-même.

– Cela ne vous intéresse pas ?
– Comment ça ?
– Vous êtes absorbés par vos téléphones alors que je suis en train de vous raconter l'histoire du cottage.
– Veuillez nous excuser, certaines affaires en cours ne peuvent souffrir d'aucun retard, c'est notre quotidien. Ah ah ah !! Mais nous vous écoutons avec intérêt. N'est-ce pas Virginie ?
– Bien sûr Monsieur ! J'ai noté l'essentiel des informations.
– Vous voyez ! Continuez, je vous en prie…

Je surprends un regard complice et un sourire ironique entre les deux assistants.
Je reconnais ces expressions de cours de récréation. Les pestes tourmentant les plus timides, les plus tendres…Vous avez l'image ?
Je n'insiste pas d'avantage et écourte la visite.
Je les invite à prendre place dans le salon, près de la cheminée.
Maxwell passe à l'attaque :

– Écoutez Franck…
– …Monsieur Franck !
– …oui ! Monsieur Franck ! Je ne vais pas y aller par quatre chemins. Ce cottage est exactement ce que nous recherchons dans la région pour agrandir notre parc. Votre tante était très intéressée à l'idée de nous vendre son bien.

—   Attendez. Ma tante voulait vendre ?

—   Vous ne le saviez pas ?

—   Non, vous me l'apprenez.

Les habitants auraient-ils également omis de me parler de ce détail ?

—   Voici ma proposition...

Il claque alors des doigts. L'assistante robotique, dénuée de toute expression, sursaute, ouvre sa mallette, en sort un dossier, qu'elle me tend.

A mon tour de m'amuser. J'étire mon bras en direction de Virginie sans l'atteindre.

Elle tente dans un premier temps de tendre le dossier, espérant que je me lèverais, mais je ne bouge pas. Engoncée dans son tailleur, elle se lève avec mille précautions, tenant sa jupe, ajustant sa veste puis m'atteignant enfin pour me livrer le document.

Je lui rends son sourire ironique, qu'elle avait eu le culot d'échanger avec son collègue, quelques instants plus tôt, en la fixant droit dans les yeux.

La situation est ainsi éclairée : je suis le client et le client est roi !

Elle a perdu de sa superbe, mal à l'aise, elle retourne vers son fauteuil en se raclant la gorge, gênée.

Je suis maintenant disposé à prendre connaissance de l'offre. Elle est à sept chiffres. Le montant est exorbitant et ferait tourner la tête à n'importe qui.

On ne peut que se projeter et imaginer un tas de scénarios pour le futur en voyant une telle somme offerte.

Néanmoins, je poursuis mon effort de jeu, je masque ma sidération et fais semblant d'être ni étonné, ni emballé et leur réponds d'une voix neutre :

– Mr Maxwell, je vous remercie de votre proposition et je ne manquerai pas de revenir vers vous au plus vite.
– Puis-je me permettre de vous demander si d'autres acheteurs se sont manifestés ?
– Vous pouvez, mais je vais me permettre à mon tour de ne pas vous répondre et de garder cette information pour moi.
– Je comprends…

Et tac ! Je l'ai mouché le mafieux des maisonnettes.
Amusé et fier de ma prestation, je les invite à se lever et à me suivre.
Je les raccompagne sur le pas de la porte. J'échange une poignée de main franche avec Mr Maxwell qui ne manque pas de me rappeler que son offre est unique et généreuse. Remarque à laquelle j'acquiesce par un large sourire. Le grand bonhomme tourne alors les talons et remonte l'allée suivi de ses deux fouines.
Ils disparaissent dans la grande berline noire. Le brouillard recouvre leur départ, les éléments sont avec moi !

24

Et voilà, je me retrouve seul dans cette grande baraque vide, le silence est assourdissant. Cette ville tourbillonnante depuis mon arrivée, ne m'avait pas préparé à cette atmosphère pesante de solitude.

Je m'assois sur les premières marches du grand escalier et pousse un long soupir.

Je retiens un sanglot. Un petit soubresaut qui se cachait au fond de ma gorge depuis de longues minutes et qui me faisait un mal de chien.

Les images de la manifestation m'envahissent. Ces personnes que j'appréciais tant et qui m'avaient accueilli comme un membre de leur famille s'opposant à ma décision alors que je ne leur avais rien caché de mes intentions. Quelque chose m'échappe…

Je tente en vain d'appeler Anthony.

Je n'ose appeler ma mère car j'ai peur de fondre en larmes et de l'inquiéter encore plus.

Elle n'a pas besoin de ça. Mon chéri non plus d'ailleurs.

J'ai toujours mis un point d'honneur à ne montrer ou n'exprimer à mes proches qu'une infime partie des choses négatives qui pouvaient m'atteindre dans la vie.

Non seulement pour les protéger, mais surtout par peur de les embarrasser.

On préfère toujours voir ceux qu'on aime souriants et heureux plutôt que tristes ou dépassés.

Les pensées se bousculent, qu'ai-je fait ou bien, que n'ai-je pas fait pour attiser le vent de leurs revendications ?

Aurais-je dû leur répondre directement, en hurlant à mon tour pour exprimer mon désaccord et mon incompréhension ?

Oui, je crois que la sortie de ce conflit aurait pu être entamée si j'avais été plus sincère…

Avec des « si » on refait le monde. Avec des « peut-être » on s'empêche de le conquérir.

« *Avoir du caractère ce n'est pas avoir mauvais caractère. C'est s'offrir la liberté d'agir et de vivre en accord avec soi-même* ».

Voilà ce que répétait sans cesse Alice !

Ses mots résonnent en moi.

S'affirmer. Serait-ce la solution ?

Seul face à mes choix, je vais devoir me mettre un bon coup de pieds aux fesses.

Je prends une grande inspiration et mets un peu de musique sur mon portable.

Je choisis une musique très lente et TRÈS triste ! C'est gay, c'est cliché et j'assume.

Je porte une attention particulière à l'ambiance musicale afin qu'elle soit le reflet exact de mon état d'esprit.

Dans un film romantique de Noël ce serait le moment du « Twist dramatique », cet instant où le héros remet tout en question et balaye d'une chanson triste et ringarde tous les principes de pensée positive et de bien être personnel.

Le son m'envahit pendant que je contemple la neige qui commence à tomber.

Au loin, des gens rigolent, s'amusent ce qui accentue mon spleen.

Après le rôle parfaitement interprété de l'hôte du cottage, je me laisse glisser dans la peau d'une Diva outragée, se redressant en portant la main retournée contre son front, puis allongeant le bras vers la cheminée et laissant glisser ses doigts sur le marbre glacé, luttant pour ne pas crier, en fermant son poing qui vient obstruer la bouche prête à s'ouvrir. Et…j'éclate de rire !!

J'ai réussi à rire de moi tant je me sens ridicule.

Un cadre posé sur une des étagères du salon attire alors mon attention.

On y voit ma mère et ma tante, souriantes. A l'époque je devais être un nourrisson.

Elles sont belles. Elles sont lumineuses.

Je les aime.

Je l'aime.

Je l'aimais…

…Non, non, non, JE L'AIME !!!

L'amour ne s'arrête pas avec la mort, ce serait trop facile !

Tout commence par un choc qui électrise le cerveau puis tout le corps.

On glisse dans une torpeur pendant laquelle on se ment : « Ce n'est pas vrai, je fais un cauchemar… », ensuite la douleur se déverse dans chaque parcelle de notre corps, le faisant souffrir d'une blessure vive, ensuite la colère ou le refus prennent un peu d'espace, les reproches à soi-même, à l'être disparu…

Les souvenirs se font obsédants et l'amour persiste, magnifique et envahissant.

Contrairement à cette chanson triste qui se termine et vient conclure cet intermède dramatiquement ridicule.

Je regarde à nouveau par la fenêtre.

Une éclaircie apparait et se reflète sur le blanc immaculé de la neige qui m'aveugle à travers la vitre. Comme un appel à sortir et à aller de l'avent.

Je comprends alors...

Il est temps !!

25

J'arrive devant le petit cimetière de Christmas Land. Tout est calme ici aussi.

Quelques personnes viennent fleurir les tombes de leurs proches. Nous échangeons des sourires respectueux et compatissons à la peine que nous partageons.

Je n'ai aucune idée de l'endroit où est enterrée Alice, mais je ne cherche pas longtemps. Un homme, que je reconnais pour l'avoir croisé plusieurs fois depuis mon arrivée, me désigne un grand sapin blanc vers l'arrière du cimetière.

Je le remercie et me dirige lentement vers le grand conifère qui trône fièrement et veille sur celles et ceux qui reposent, en paix.

Les derniers mètres sont douloureux à parcourir, en visitant ma tante dans sa dernière demeure, je bascule irrémédiablement dans la réalité de son décès.

Je ne pourrai plus m'imaginer qu'il s'agissait d'une mauvaise blague ou d'une erreur et espérer qu'elle réapparaisse, outrée par cette annonce un peu folle, amusée aussi…

Je vois au loin une petite tache marron devant l'arbre qui s'agrandit au fur et à mesure que je m'approche.

Puis je comprends à sa forme qu'il s'agit du tas de terre qui protège Alice en attendant qu'une pierre tombale y soit apposée.

Elle avait demandé à être enterrée rapidement après son décès, et sûrement avant mon arrivée.

J'y suis.

Mon cœur se sert.

Mon esprit s'agite.

Pas un bouquet, pas une fleur ne viennent colorer la terre marron qui semble avoir été épargnée par la tempête de neige. Comme s'il attendait. Patiemment.

L'emplacement est grandiose. Alors que les tombes sont alignées côté à côte, l'emplacement réservé à Alice est isolé et jouit d'une superbe vue.

Un coin de terre privilégié pour une femme exceptionnelle.

Je n'ai aucune idée de ce que je dois faire.

Parler au petit tas de terre ?

Pleurer ? Me souvenir ? Je ne sais pas. Je me sens profondément seul…

Alice aurait su quoi faire. Et surtout quoi dire. Elle qui aimait tant parler et rire.

Mais cette fois, je dois agir seul et comme un adulte responsable.

Dans le même temps, mon esprit protège mes émotions, me faisant remarquer qu'il n'y a rien pour s'asseoir !

Et j'attends…J'attends !... Encore et encore…

De longues secondes qui se transforment en longues minutes. Et rien ! Rien ne sort.

Je ne parle pas, je ne pleure pas, je ne souris pas.

Je suis pétrifié. C'est bien la première fois.

D'un coup je sens une présence derrière moi, d'un bond, je me redresse tel un enfant surpris en train de faire une bêtise…

Je me retourne, et je ne vois rien, personne.

Il s'agissait sans doute d'une bourrasque de vent un peu plus puissante que les autres.

Tu es ridicule Franck !

Tu aurais peur de ta propre ombre.

Cette montée d'adrénaline m'a stimulé.

Je suis en phase avec mes émotions, sans être apeuré par la réalité du lieu qui m'oblige à prendre pleinement conscience que, quelque part sous ce monticule, repose Alice, dont je peux sentir le parfum sur commande. Seulement en pensant à elle.

Les pensées se bousculent, puis je me rappelle…

26

Nous sommes alors dans notre ancien appartement en banlieue Parisienne :

–   Voilà ton argent Franck, et ne le dépense pas inutilement d'accord ?

Tous les mercredis, avant le déjeuner, ma mère me donnait toujours une pièce de dix francs que je rangeais soigneusement dans ma tirelire Mickey Mouse.
Et après une année d'économie, en ne dépensant que quelques pièces de temps à autres pour acheter des bonbons à la station essence « Mobil » avec mes copains de classe, je pouvais me vanter d'être à la tête de ce qui me semblait être un joli pactole.
Chaque mois de mai, Alice m'emmenait à la Foire du Trône, Porte de Charenton, aux portes de Paris. Nous y passions, à chaque fois, un après-midi merveilleux : tours de manèges, dégustations de pommes d'amour, barbes à papa et fou rires incessants.
Un rendez-vous annuel en tête à tête que j'attendais de pied ferme ! Un second Noël !

Mais cette année-là notre sortie tardait à arriver. Ma mère, affaiblie par sa maladie, avait besoin d'attention et d'aide, aussi Alice nous tenait compagnie tous les jours.

Accaparée, elle ne voyait pas le temps passer :

—   Tata, tata !
—   Ne cours pas Franck tu vas tomber.
—   Pardon tata. C'est quand que tu m'emmènes aux manèges ?
—   On dit « Quand-est ce que » et...
—   ... « Quand est-ce que » tu m'emmènes voir les manèges tata ?
—   Je suis désolée mon chéri, mais la foire est terminée ! Je n'ai pas eu le temps de t'y emmener cette année. Mais l'année prochaine nous irons deux journées pour nous rattraper. Ça te va ?
—   Oui...

Une réponse courte, remplie de déception et de tristesse.

A neuf ans on ne comprend pas tout.

Mais je voyais bien le regard inquiet et protecteur d'Alice sur ma mère et comprenais qu'il ne fallait pas insister.

Je remettais donc mon précieux butin dans ma cachette secrète et décidais d'être patient.

Et alors que je me dirigeais à nouveau vers la cuisine, qui leur servait de repère secret et de fumoir, j'étais stoppé net dans ma course par ma tante qui claqua la porte sur moi, elle ne m'avait pas vu arriver.

J'entrebâillais la grande porte pour voir ce qu'il s'y passait et découvrais ma mère en sanglots dans les bras de ma tante :

—   C'est de ma faute. Je te prends tout ton temps, toute

ton énergie et je vous prive des moments importants.

– Tut tut tut ça ne va pas non ! Qu'est-ce que tu racontes ? Tu ne prends rien du tout. Tu es malade et je prends soin de toi.

– Je sais, mais je ne veux pas que Franck et toi, soyez prisonniers de mon état.

– Sonia, on t'aime !! Rien d'autre ne compte. Il faut que tu reprennes des forces.

– Tu vas me faire pleurer.

– Tu pleures déjà banane !

– Tu vas me faire rire alors.

– Et bien ce ne serait pas un mal. Et puis, ce nouveau traitement qu'ils te proposent alors qu'ils savent pertinemment que tu n'auras pas les moyens de te l'offrir ! Ça m'agace.

– Ils essayent de m'aider Alice, c'est tout.

– Dans ce cas, qu'ils t'aident à trouver une solution pour budgéter ou trouver des aides pour que tu puisses en bénéficier sans te ruiner !

Je faisais face pour la première fois à des problèmes de grands.

Je sentais de la détresse, de la colère et même de la peur chez ces deux femmes qui étaient des rocs indestructibles à mes yeux.

À neuf ans, je venais de saisir que même les grandes personnes pouvaient-être vulnérables et fragiles.

La peur de perdre ma mère me gagna aussitôt. Je décidais d'agir. Et vite !

Serrant les poings très forts, je donnais un grand coup de pied dans cette foutue porte qui me séparait du monde des adultes et j'y faisais une entrée fracassante, ma tirelire Mickey sous le bras :

—   Qu'est-ce qui te prend mon chéri, t'es fou ?
—   Maman c'est pour toi. C'est pour soigner tes jambes et pour que tu arrêtes de pleurer.

Bizarrement cela créa l'effet inverse de ce que j'avais imaginé.
Ma mère se mit à pleurer de plus belle, suivie par ma tante qui me tirait par le bras pour que je me retrouve au cœur des leurs. J'étais de nouveau dans mon cocon protecteur :

—   Merci mon cœur, mais ce sont tes petits sous et tu dois les garder pour toi et les dépenser pour des choses qui te font plaisir.
—   Mais maman ça me ferait plaisir que tu guérisses vite.
—   Mon Franck ! Mon petit ange. Tu es le petit garçon le plus intelligent et le plus gentil du monde. Tu mérites tous les tours de manèges dont tu rêves.
—   Mais…
—   Écoute-moi. Il y aura d'autres foires et d'autres beaux moments. Mais tu dois me faire une promesse ?!?
—   Ah bon ? Quoi ?
—   Reste encore un peu dans ton monde magique d'enfant, ne grandis pas trop vite s'il te plaît.
—   D'accord, je vais essayer maman.

Ma mère me serrait alors fort contre son cœur et déposait un tendre baiser sur mon front. Je repartais dans ma chambre retrouver mes figurines en plastiques et m'inventer de nouvelles histoires extraordinaires.

Ce souvenir est apparu si soudainement !

Il me rapproche de la confusion des sentiments que je ressens en cet instant.

L'acceptation, faire face à une situation inéluctable, sans pouvoir atténuer la souffrance, juste en essayant de la dompter et en acceptant que seul le temps qui va s'écouler me permettra d'atténuer la douleur.

Cette fois, je fais face à la mort !

Sans me dérober.

Ni au travers des yeux de ma mère, ni au travers des peurs d'Alice.

Voilà donc ce nouveau sentiment avec lequel je vais apprendre à vivre.

Tout cela m'enseigne que la force augmente au fil des épreuves, j'en suis sûr !

Et après tout, je ne suis ni obligé de pleurer, ni même de m'adresser à ma tante sous prétexte que je me trouve devant sa tombe. Elle est partout et tout le temps avec moi.

Une autre petite brise vient alors se glisser au creux de ma main.

Comme si l'on venait de me la prendre pour la caresser et la serrer délicatement.

Je sais que ne suis pas seul, Alice est avec moi. Je la sens.

Cela me fait du bien et me rassure.

Je reste encore quelques instants pour profiter, puis je décide de m'en aller quand je sens qu'elle quitte ma main.

J'envoie un dernier baiser en direction du ciel bleu qui semble veiller sur le petit cimetière, et je laisse derrière moi le grand sapin blanc et le petit tas de terre.

Adieu Alice. Je t'aime !!

27

Je me dirige chez Mathilde et Mika, ces émotions ont stimulé mon appétit !
Je décide de ne pas céder à la facilité en boudant chaque personne qui aurait pu se trouver devant le cottage ce matin.
Mais plutôt de les affronter.
À mon arrivée, je suis de nouveau accueilli par le jeune serveur.
Il m'installe à une petite table tranquille dans la cour de derrière.
Manifestement, Mathilde est mal à l'aise, j'affiche alors un grand sourire qu'elle me rend avant de se précipiter vers ses cuisines.

Pour ma part, cette journée sera avant tout administrative.
Il est temps de prendre les choses en main !
J'appelle donc Mr Ray, le notaire de la ville, afin de fixer un rendez-vous pour régler les derniers détails de la succession.
Puis le chef de chantier pour faire un dernier point sur les travaux. Il faudra également que j'appelle le garage pour m'assurer que tout est en ordre avec le prestataire pour la location de la voiture.

J'ai tout un après-midi pour régler ces corvées, mais je n'ai que quelques minutes pour prendre ma décision.

Mon avenir repose sur ces quelques instants !

Je suis bien conscient d'avoir vécu une espèce de parenthèse magique depuis mon arrivée à Christmas Land. J'ai partagé des moments chaleureux, étonnants, avec de belles personnes. Cet endroit m'a pris sous son aile protectrice et j'ai pu faire face à des épreuves inhabituelles. Tout cela n'a pas de prix.

Mais cela ne peut certainement pas continuer ainsi. Il faut me rendre à l'évidence, ma vie est à Paris avec Anthony et nos proches.

C'est décidé, je rentre !

En quelques minutes, je book le premier vol pour demain matin afin d'être à l'heure pour croiser mon ex futur patron. Les vols dans ce sens-là sont relativement faciles à obtenir, les Parisiens cherchent à fuir la capitale pour rejoindre leurs proches en Province.

En réservant, je constate que mon dernier message n'a pas été délivré à Anthony, je lutte contre l'inquiétude qui monte...

En attendant, j'avise mon patron que j'accepte son rendez-vous et que je serai présent demain pour le déjeuner. Il ne lui faut que quelques secondes pour me répondre qu'il est ravi que je décide de revenir. Je prends bien soin de lui rappeler qu'il s'agit d'un simple entretien et que mon retour dépendra de ses nouvelles propositions.

J'enchaîne sans réfléchir, je suis pris dans la spirale des contraintes à régler.

Rendez-vous est pris à 14h chez le notaire, à 15h30 avec le

chef de chantier au cottage et le garage confirme que tout était réglé et qu'ils s'occupaient eux même du transfert de la voiture chez le loueur.

Du coup…je n'ai plus rien à faire. Je croyais en avoir pour des heures.

Mon besoin de me débarrasser de ces tracasseries m'a rendu efficace !

Je serais presque fier de moi.

Il ne me reste plus qu'à déguster mon Club Sandwich de Noël et les muffins vanille-cannelle.

Ces muffins sont comme une douce caresse sucrée sur les papilles qui me transporte dans un monde de plaisir. On dirait une mauvaise publicité pour une marque de biscuits.

Allez hop, je jette négligemment le dernier petit morceau au fond de mon gosier histoire de ne pas trop m'attacher et ne pas trop souffrir de ne plus en avoir après.

Mais…ce geste démesuré dépasse la case « bouche » et « mastication » et le dernier morceau se retrouve coincé au fond de ma gorge.

Je fais d'abord mine de maîtriser la situation, mais après deux tentatives ratées de déglutition et un verre d'eau qui aggrave le tout, je commence à m'étouffer.

Ma maladresse légendaire a encore frappé, je commence à paniquer, je me lève et pousse une succession de petits cris bizarres, semblables aux gloussements d'une vieille dinde asthmatique. Discrétion non assurée !

Le personnel crie : « *Il s'étouffe, aidez-le* ».

S'en suivent de longues secondes pendant lesquelles j'ai le temps de penser que mourir étouffé par un muffin de Noël à Christmas Land serait quand même d'une ironie incroyable. Mais heureusement voilà Mika qui me saute dessus tel un catcheur Américain. Il place ses deux poings sous mon sternum et appuie violemment de haut en bas jusqu'à me faire recracher le petit morceau de muffin démoniaque.

Je suis sauvé. Mortifié de honte, mais sauvé.

— Tiens, assieds-toi Franck et prends un verre d'eau, ça va aller.

— Merci Mika ! Ta cuisine est vraiment mortelle !

— Je l'ai toujours dit !

— Vraiment merci, j'ai eu la peur de ma vie.

— Ça va aller ! Continue de respirer.

Mathilde est encore paniquée, de même que les serveurs… Ils s'agglutinent autour de moi et vérifient que je retrouve des couleurs.

Je fais signe que tout va bien et les remercie tous à nouveau en m'excusant pour ce spectacle de piètre qualité. Ce qui ne manque pas d'amuser la galerie.

Je reprends doucement mes esprits et respire à nouveau normalement.

Quelques minutes plus tard, le service du midi est terminé. Je m'installe avec la petite équipe sur la grande table à l'intérieur du Home Made. Mathilde s'approche de moi le sourire aux lèvres :

— Tu sais, si tu voulais nous parler, ce n'était pas la peine de faire une tentative de suicide avec un de nos délicieux muffins.

— AH AH AH ! Très drôle ! Moque-toi ! En attendant sans l'intervention de Mika, j'aurais pu mourir.

— Tu sais, Franck, pour ce matin…Nous sommes désolés, nous n'avions pas l'intention de te blesser…

   — C'est la journée des chocs émotionnels que veux-tu…

   — …j'espère que tu nous pardonneras ?

   — Je n'ai rien à vous pardonner. Je ne peux même pas vous en vouloir. Vous défendez votre ville et je le comprends.

   — Merci.

   — Mais je dois avancer et Delphine n'a trouvé qu'un seul acheteur. Je ne pouvais pas savoir que ça vous poserait un problème.

   — Maxwell est un filou qui rêve de raser la ville pour en faire un immense parc hôtelier. Ce serait notre ruine à tous et Alice le savait.

   — Oui, je dois avouer qu'il ne m'a pas inspiré confiance. Ni lui, ni ses deux vautours.

   — Tu vois ! Promets-moi d'y réfléchir ?!?

   — Si tu me promets de ne plus jamais me faire de coup bas ?!?

   — Je te le promets. ON te le promet, tous.

Je suis soulagé.
Ce serial muffin killer m'aura au moins permis de me réconcilier avec mes nouveaux amis. Je ne suis plus fâché.

J'honore mon rendez-vous chez le notaire puis au cottage avec le chef de chantier.
Je lui annonce que les travaux devront être suspendus pendant mon retour à Paris et le temps pour moi de réfléchir à l'avenir du cottage.
Comme pour soutenir mon projet, la grande banderole de la ville affiche maintenant : « Nous sommes à 3 jours du réveillon de Noël, belle journée à tous ! ».

Les habitants vont maintenant se consacrer à l'événement le plus important de l'année, mettant de côté, les travaux, les entretiens ainsi que la vie administrative ne nécessitant pas d'urgence.

–   ...nous pourrons régler les détails à distance m'sieur Franck si ça peut vous arranger ? Mais c'est vraiment dommage que vous nous quittiez si vite.

–   Ce n'est pas ce que vous disiez ce matin.

–   On n'est pas méchants vous savez. On est des instinctifs !

–   Je comprends. Je tiens à vous remercier à nouveau pour votre travail et votre bienveillance. Je suis certain que ma tante apprécierait.

–   Elle aurait un peu gueulé, mais oui je pense que ça lui aurait plu.

–   Il est temps pour moi de vous laisser, je vous souhaite de belles fêtes de fin d'année !

Le chef et ses ouvriers quittent le cottage.
Je les salue et les remercie un à un. Certains ne manquent pas de me rappeler qu'une vente en faveur de Maxwell serait une bêtise et m'invitent à bien réfléchir.
Je m'engage sincèrement à y songer tout en leur suggérant de ranger aux placards : banderoles, panneaux et autres slogans de midinettes de lycée.
Nos sourires échangés témoignent d'une entente et d'un respect mutuel retrouvé.
Une bonne chose de faite. Ce n'était pas bien méchant tout ça au final.
Une situation cordiale est rétablie.

Maintenant, j'aimerais qu'il en soit de même avec Gretchen, George et Delphine mais je nourris une légère rancune à leur égard et j'éviterai au maximum de les croiser avant mon départ.

Je peux avoir un sale caractère, je l'avoue. Mais j'ai été blessé. Je ne suis pas rancunier. Il faut juste que tout cela passe…

…au pire j'enverrai une carte !

28

Cette dernière soirée au Cottage est bien calme. Je me prépare un repas léger et cinq minutes suffisent pour préparer ma valise.

Je déambule à travers les pièces et prends le pouls de cet endroit que je ne reverrais sans doute jamais.

Je n'ai pas le cœur à retirer les décorations, après tout Noël n'est pas passé.

Je trouverais bien une âme charitable qui s'en chargera pour moi. Je me pose un peu devant le feu de cheminée.

Quel bonheur !!

Tout est si beau, si tranquille, je me sens bien.

Cet instant de sérénité est vite interrompu par la vibration de mon téléphone.

C'est Anthony. Enfin, il a trouvé du réseau :

    —   Coucou mon chéri, je suis désolé mais la connexion est pourrie ici.

    —   Non ne t'inquiète pas. Tout va bien ?

    —   Oui ! Je commence à m'ennuyer et j'aimerais bien savoir quand nous pourrons repartir. Le temps s'améliore mais ce n'est pas encore ça. Et toi ? Tout va bien ?

—   Ça va ! Je rentre demain matin.
—   Sur Paris ? Déjà ? Pourquoi ?
—   Je dois déjeuner avec mon ex boss...
—   ...attends, attends...quoi ? Ce con ?

S'ensuit alors une discussion pendant laquelle j'explique à Anthony que mon patron est sincèrement désolé, qu'il tient absolument à me récupérer en motivant mon retour avec un petit bonus non négligeable :

—   Je comprends. Mais réfléchis bien avant d'y retourner. Tu gâches ton talent chez eux.
—   Merci mon cœur mais...
—   ...je suis sérieux Franck. Rien n'arrive par hasard. Comme ton escapade dans cette ville sur les traces de ta tante.

C'est le moment de lui confier les événements de la journée entre manifestation, étouffement et pèlerinage au cimetière :

—   Ah oui ! Tu as vécu dix journées en une. Je suis presque jaloux.
—   Donc tu comprends pourquoi je ne veux plus trop rester ?
—   Je comprends oui. Mais je ne veux pas que tu sois seul pour les fêtes, surtout si je reste coincé ici.
—   Ne parle pas de malheur, il reste encore trois jours.
—   Oui je sais...Mais vois avec ta mère au cas où.
—   Promis !
—   Je vais devoir te laisser, on a une réunion avec l'équipage pour voir l'évolution de la situation.
—   Ok. Courage mon cœur.

–   Je t'aime.
–   Je t'aime aussi.

Voilà qui me met un peu de baume au cœur, même si c'est à chaque fois trop court et que je rêve de le serrer dans mes bras. Mais nous sommes habitués à cette routine de l'absence qui provoque le manque.
Elle fait partie de nous, de notre histoire. Peut-être même de notre équilibre.

Dès notre première rencontre j'avais été fasciné et intrigué par le métier de PNC *(Personnel Navigant Commercial)* qu'exerce Anthony.
On a trop souvent une fausse image d'un personnel servant les passagers avant d'aller se prélasser sur une plage à l'autre bout du monde. Il y a certes un peu de vrai. Et même si le cadre de travail reste très appréciable, il n'en reste pas moins contraignant physiquement et parfois même moralement.
Anthony sait la chance qu'il a de pouvoir voyager et voir le monde. Mais il le paye aussi par la fatigue et des douleurs physiques provoquées par l'exposition répétée aux montées et descentes de l'avion et donc à la pression et la dépression que supporte son corps.
Mais, il ne subit pas son métier car il s'agit pour lui, comme pour la plupart de ses collègues et amis, d'un métier passion. Il est juste conditionné au fait que son corps puisse parfois souffrir de ces allers retours incessants. Ce qui influe forcément sur le mental. D'où l'importance pour lui d'être entouré de personnes saines et qui comprennent son rythme de vie.
C'est l'une des premières choses dont nous avions parlés lors de notre rencontre dans ce petit bar de la rue des Martyrs,

dans le 9ème arrondissement de Paris. Comme beaucoup de jeunes de notre époque nos premiers échanges furent virtuels, grâce à une application de rencontres.

C'est un peu le loto du cœur pour notre génération.

Mais nous décidions très vite de passer outre cette barrière virtuelle, pour ne pas tomber dans des discussions incessantes qui auraient pu nous donner une fausse image de l'un ou de l'autre, en nous rencontrant rapidement.

Dès les premiers échanges, nous savions tous les deux que nous allions passer un bout de notre vie ensemble. C'est inexplicable.

Les heures se transforment en jours, les jours en semaines puis les semaines en mois.

Les mois devinrent à leur tour des années de partage. Tout est simple et logique.

Mon brun ténébreux à la voix légèrement enrouée est aujourd'hui une extension vitale de moi-même.

Et si l'on ne peut prévoir à l'avance de quoi demain sera fait, nous comptons vivre ensemble de belles aventures.

Et en parlant de belles aventures, je ne sais pas trop si je dois ainsi qualifier les derniers jours passés à Christmas Land mais, je suis heureux de cette pause inattendue et stimulante. J'en aurais presque oublié le stress de ma vie parisienne.

Quelqu'un frappe à la porte.

Je bondis de mon fauteuil et cours ouvrir la grande porte de la maison.

Gretchen, se présente, penaude :

— Je ne suis qu'une vielle imbécile. Et folle. Une vieille folle imbécile. J'ai cogité toute la journée à ce qui s'est passé ce matin et...

— ...vous vous en voulez ?!?

— Non du tout ! Mais j'aurais dû vous prévenir de ce qui se tramait dans votre dos.

— ...

— Et oui je m'en veux, bien sûr ! Vous êtes content ? Votre regard est une torture.

— Mais...

— Et laissez-moi faire un peu ma Sarah Bernhardt avant de me sortir des banalités comme « *Je ne vous en veux pas* » ou « *C'est déjà pardonné* » ...

— Ah ça non ! Ça ne risque pas ! Je vous en veux !

— Vous maniez de mieux en mieux l'ironie Franck. Il va falloir que l'on se sépare !

Nous nous sourions. Gênés. Mais aussi très amusés par la situation.

— Vous allez rester sur le palier ? Il fait froid.

— Vous allez m'engueuler une fois le pas de la porte passé ?

— Rentrez Gretchen....et n'oubliez pas votre valise mal cachée derrière le pot de fleurs.

Son malaise est palpable.

Elle se saisit de son bagage, rajeunissant par cette émotion de gêne qui lui prête le visage d'un enfant qui aurait fait un vilain coup en douce et qui se serait fait surprendre.

Elle m'explique que l'hôtel est complet à cause des nombreux touristes.

Si ce n'est pas l'unique raison de son retour au cottage, il n'en

reste pas moins que le doute s'est installé sur sa motivation.
Delphine et George lui auraient proposé de l'héberger.
Je l'invite à retrouver la chambre qu'elle occupait avant d'être
gagnée par la contestation manifestée avec ses partenaires de
combat.

– Je monte mes affaires et je vous rejoins. Enfin, si cela
ne vous dérange pas ?
– Je fais chauffer du thé ?
– Je préfèrerais un bon rhum.
– Mais je ne sais pas...
– ...deuxième tiroir de la commode en partant du haut !

Elle connaît les rangements et l'organisation du cottage
bien mieux que moi.
C'est flippant. Je décide de l'accompagner en me servant un
rhum à mon tour.
Je dépose le plateau sur la petite table basse face à la cheminée.
Je me convaincs que cet écart préparera mon estomac et mon
foie à la période riche en excès qu'imposent les fêtes de fin
d'année.
Entre nos deux familles, les Noëls chez les amis, les soirées
pulls moches et j'en passe, je sais d'avance que nous allons
très vite nous retrouver à saturation. Ce sont des moments
que nous adorons. Ils sont une pièce maîtresse de notre équilibre. Voilà pourquoi je suis également si heureux de rentrer
demain. Même si je sais qu'ils apprécieraient tous, cette petite
ville fantastique. Et ses habitants...

– Alors comme ça vous nous quittez demain !

Gretchen est donc revenue, et en forme...

—   Euh...oui ! Mais comment... ??
—   Le stagiaire du notaire est le neveu par alliance de Linda. Il lui a rapporté vos propos qu'elle a ensuite confiés à Pipo le pépiniériste, qui les a répétés à son tour à Mika après en avoir fait la confidence à Mathilde, qui s'est empressée d'en aviser Sammy...
—   Qui est Sammy ?
—   Votre chef de chantier.
—   Ravi de mettre un nom sur son visage...
—   ...qui l'a donc confiée à Delphine...
—   ...qui vous l'a dit !
—   Non ! Elle l'a dit à George qui me l'a confiée à son tour !
—   Donc tout le monde est au courant !

Elle lève les yeux au ciel et fait mine de réfléchir...

—   Oui je crois qu'on peut dire que tout le monde est au courant !
—   Je vous remercie pour l'info…

S'ensuit un long silence durant lequel Gretchen ne lâche pas mon regard.
Elle plisse ses yeux leur prêtant l'effet d'un radar invisible qui scannerait mon cerveau et tenterait de lire mes pensées.
Ou alors elle est constipée.
Une joute verbale conclut cette pause :

—   Vous avez l'air décidé.

—   Je le suis.
—   Vous le regretterez.
—   Je ne pense pas.
—   Je ne vous retiendrai pas.
—   Je n'y compte pas.
—   Vous le regretterez.
—   Toujours pas, non.
—   Je vais vous manquer ?
—   Non
—   Salaud !

Elle me fait rire. Gretchen a définitivement le don pour dédramatiser les situations embarrassantes. Impossible de lui en vouloir, ni de lui tenir tête du reste…

Nous dégustons tranquillement nos verres de rhum et parlons de tout et de rien. Nous évoquons notre rencontre, notre voyage, le concours, un bilan de ce court séjour ponctué par toutes ces rencontres improbables.
Après quelques minutes, je vois de l'émotion dans ses yeux humides.
Elle la balaye d'un revers de main en prétextant la fatigue. Je lui fais remarquer qu'elle n'est pas obligée de rester debout pour me tenir compagnie, et que cela rendra nos adieux moins douloureux.

—   Pas un adieu ! Non ! Juste un au revoir ? Promettez-le-moi !
—   C'est promis.

Avant qu'elle ne monte je lui confie mon trousseau de clés

et l'invite à rester au cottage autant qu'elle le souhaite. J'ai une totale confiance en elle, et je serais rassuré de la savoir ici pour veiller sur ce lieu auquel je me suis attaché. Elle pourra remettre les clés au notaire, à son départ, qui se chargera de la suite. Pas un mot ne sort de sa bouche.

Elle se précipite vers moi et me sert fort dans ses bras.

Je sens un sanglot passer dans sa poitrine et rebondir sur la mienne tant elles sont pressées l'une contre l'autre.

Je ne parle pas. Cette femme est une boule d'émotions.

Elle est fragile et a vécu de nombreuses épreuves. Elle gère le quotidien avec le rire ou le silence.

Alors pas un mot…

Juste un échange de regards, tendre et rempli de douceur, puis une main qui vient caresser délicatement ma joue.

Un geste maternel qui n'est pas sans me rappeler ceux que ma tante pouvait avoir à mon égard.

Je la regarde disparaître en haut de l'escalier et vais me rasseoir dans le fauteuil du salon.

Mais mon attention est attirée par une ombre qui passe devant la fenêtre sur le porche.

D'un bond je suis debout, faisant basculer le fauteuil je me précipite dehors...personne.

Je fais deux fois le tour du grand porche mais ne vois rien.

Je ne comprends pas.

Le froid me saisit très vite et je décide de rentrer me mettre au chaud.

Je replace lentement le gros fauteuil à côté duquel je retrouve la gravure que j'avais remarquée la nuit où la tempête faisait rage. On y voit un « K » et un « G » entremêlés. Sûrement les initiales du constructeur de la cheminée.

La gravure est maladroite et aurait pu être exécutée par un

enfant testant son nouvel opinel.

J'éteins les lumières du cottage, sauf celles du grand sapin, et je me roule dans un des gros plaids qui traînent dans le salon.

Mes paupières s'alourdissent pendant que je regarde les décorations lumineuses du grand arbre de Noël, le rhum glisse le long de ma gorge la réchauffant à son passage et je me laisse bercer par le son des crépitements du feu de cheminée.

La sérénité et le calme m'envahissent.

Mon esprit se remplit de belles teintes multicolores et de lumières magiques.

Je m'endors...

29

« Nous sommes à 2 jours du réveillon de Noël ! »

6h10 !
L'heure du réveil. Vingt minutes pour me doucher et m'habiller.
Trente minutes pour me réveiller complètement devant un bon café.
Je prends mille précautions pour ne pas déranger Gretchen. Elle a un sommeil de plomb et la maison est immense, je ne devrais pas la réveiller, d'autant plus que je ne souhaite pas provoquer de nouveaux adieux de bon matin.
Moment pause-café après m'être octroyé un bol d'air dans le jardin. La cuisine sent la peinture fraiche mais ce n'est pas désagréable, les effluves me rappellent le dévouement et la bienveillance de Sammy et de ses ouvriers.
C'est alors que bousculant mes pensées, la porte claque.
Surpris, je vais voir mais, il n'y a personne, il s'agit sûrement d'un courant d'air.
Je n'ai pas dû la fermer correctement en rentrant.

7h pile !

Mon taxi est arrivé.

Direction le petit aéroport de Montluçon-Guéret avec ses deux vols par jours, un le matin et le second l'après-midi, pour rentrer à Paris.

Il n'est donc pas question de le louper !

Le vol est dans deux heures et nous ne sommes qu'à quarante minutes de l'aéroport, tout va bien.

Je prends toujours mes précautions pour arriver en avance, sinon le stress prend le contrôle de mon esprit, c'est ainsi pour tous mes rendez-vous, même s'il s'agit d'une séance de cinéma.

Plus jeune je forçais ma mère et ma tante à partir des heures à l'avance pour ne pas louper la séance de mon Disney préféré. Il faut dire qu'à l'époque, dans les années 80/90, il n'en sortait qu'un par an. Pour les fêtes. Il fallait attendre ensuite de longs mois pour pouvoir le posséder en VHS. Cette précieuse petite cassette noire aux bobines grises que nous avons tous usées à force de la rembobiner sans arrêt.

Une vraie madeleine de Proust.

Mais quel plaisir ! L'attente, à ce petit quelque chose qui rend parfois les évènements ou les moments encore plus beaux, permettant de les apprécier à leur juste valeur. Attention, je ne dis pas « que c'était mieux avant ».

Je pense juste que nous subissons une accélération de notre quotidien, tout va plus vite.

A peine arrivé, déjà consommé, aussi vite oublié. C'est peut-être lié à l'âge, je ne sais pas. Tout est différent en grandissant…

Quoi qu'il arrive, je serai à l'heure pour prendre mon avion.

Et tant mieux !!

Néanmoins, mon esprit n'est pas tranquille.

J'aurais aimé me réconcilier avec Delphine et George, comme j'ai pu le faire avec Gretchen et tous les autres. Je n'oublierai pas les attentions particulières de George à mon égard.

Pendant que les kilomètres défilent, la culpabilité monte.

Comment quitter Christmas Land dans ces circonstances ?

Cette ville est particulière parce que ses habitants le sont !

Parce qu'Alice y a vécu ses dernières années et a participé de tout son cœur à faire de ce lieu ce qu'il est aujourd'hui.

Parce que j'ai été accueilli comme un membre de leur famille et que leur colère n'était que le témoignage de l'affection qu'ils me portent et de la sincérité qui les habitent.

J'essaye de joindre Anthony pour lui faire part de mon tracas, mais il est de nouveau injoignable. Mes messages ne lui sont plus délivrés.

Je ne sais pas. Je ne sais plus…. Et si j'étais en train de faire une énorme bêtise ?

Je suis totalement paumé.

J'ai juste besoin d'un signe…

Le taxi me dépose devant le terminal du petit aéroport, je récupère mon bagage tout en hésitant à le retenir…

Je regarde l'accès à l'aéroport tout en me résignant à y rentrer, quand d'un coup je les vois au loin…

Ils sont là ! Ils sont TOUS là !

Gretchen, Delphine, Cédric, les « 2M », Linda, une poignée d'habitants et…George !

Ils m'attendent, sourire aux lèvres, avec des pancartes (décidément c'est leur truc !) sur lesquelles on peut lire : « *Ne partez pas* », « *Christmas Land c'est chez vous* », « *Vive les muffins à la cannelle* » « *On m'a obligé à faire cette pancarte* » (ma préférée) ...

Je cours vers eux, j'arrive, essoufflé, devant leurs mines réjouies, mais inquiètes :

—   Je croyais qu'on avait dit plus de pancartes ?!?

—   Celles-ci sont un peu plus spéciales et surtout plus importantes. On a besoin de vous Franck.

—   Mais...

—   Et ne m'obligez pas à dire que je me suis attaché à vous ces derniers jours, car c'est la triste vérité et je ne veux pas que vous partiez fâché contre moi.

—   Fâché contre vous ? Mais George, c'est moi qui avais peur que vous soyez fâché.

—   Ne partez pas Franck, pas encore ! Restez avec nous pour Noël.

J'en ai les larmes aux yeux. La gorge serrée.
Je les sers dans mes bras un à un. Quand j'entends la petite voix de Gretchen :

—   J'ai eu peur de trahir le secret en claquant la porte quand je suis sortie pour les rejoindre, ce matin.

Quel amour de femme !
Je suis heureux, simplement heureux ! Cela ne fait aucun doute, j'attendais un signe, un encouragement pour rester, ma décision était fragile, elle ne l'est plus.

—   Tu vas rester Franck ? Dites oui s'il vous plaît. Sinon maman va pleurer.

– Maman t'a bien fait réviser ton texte mon petit Cédric. Bien sûr que je reste. Je ne peux pas vous quitter comme ça. On rentre !

Quelque chose me dit que mes aventures à Christmas Land ne sont pas tout à fait terminées...

C'est donc au son de chants de Noël que nous rentrons tous joyeusement dans le gros 4x4 rouge de George. Sa voiture est recouverte de guirlandes (oui, moi non plus je ne savais pas que c'était possible). Je m'installe dans le véhicule qui nous avait sauvé, Gretchen et moi, quand nous étions pris au piège de la terrible forêt remplie de monstres et de bêtes affamés... Détrompez-vous, une biche affamée peut se transformer en un redoutable prédateur. Surtout en pleine nuit. C'est en tout cas ce que je crois...

Ce 4x4 est, et restera, mon carrosse magique.

Me voilà donc de retour à Christmas Land, au cottage.

Quand je passe la porte je sens comme une onde de bien être me traverser. Comme si la moindre petite particule de mon corps me remerciait d'avoir changé d'avis et d'être revenu dans ce petit havre de paix.

C'est comme si j'étais de retour dans la maison familiale que je fréquentais depuis des années, alors que cela ne fait que quelques jours que je m'y trouve.

On parle souvent de l'importance du ressenti et du moment présent. De la force du cocon. Ce lieu en est l'illustration parfaite. Il concentre à lui seul toutes les émotions positives dont j'ai besoin en ce moment. Il m'a vu tantôt anxieux, tantôt triste, apeuré puis heureux... Très heureux.

Toute une palette d'émotions à traverser en quelques mois,

ou quelques années, mais seulement en quelques jours ici. C'est aussi ça la magie de ce cottage et de cette ville.

Je remercie à nouveau mes amis pour leur initiative.

Je leur propose de nous retrouver au cottage en fin de journée pour un pré-Noël :

- — Un quoi ?
- — Un pré-Noël ! On est ensemble et on passe une bonne soirée !
- — Ah oui, un dîner.
- — Non, un pré-Noël !
- — Quoi ?

Je sens à leurs visages dépités que j'ai touché un point sensible.

- — Ça n'existe pas un pré-Noël, il n'y a qu'un seul Noël et un seul réveillon.
- — J'entends bien, disons que ce serait l'occasion de fêter Noël avec celles et ceux qui rejoindront leurs familles dans d'autres villes ou dans d'autres régions et qui ne pourront pas être à Christmas Land pour le réveillon du 24…
- — Vous avez décidément de drôles de coutumes dans vos grandes villes.
- — Arrêtez George. C'est nul de dire ça.
- — Et pourquoi pas se faire des cadeaux en avance tant que vous y êtes ?!?

Oups. Je ne vais pas pousser le curseur plus loin, car je sens que je pourrais créer un incident diplomatique. Je les invite donc à un simple apéritif dînatoire :

–   Un QUOI ?

–   Bon, laissez tomber, venez dîner ! Je vais préparer un grand buffet autour duquel nous pourrons discuter et partager de bons moments en parlant de Noël et de vos décorations.

–   Ah voilà ! Comptez sur nous. On sera là. A ce soir !!!

Il suffisait juste d'avoir les bons mots…

Avec joie et fébrilité, je retrouve ma chambre.

En dépliant mes vêtements, je prends conscience que des achats vestimentaires s'imposent. Un jean, deux caleçons, deux pulls et trois paires de chaussettes c'est assez limité comme garde-robe.

Mais ce ne sera pas le plus difficile à accomplir.

Petit à petit, je me conditionne pour affronter Monsieur Maxwell et mon ancien patron. Annoncer à ce dernier que je ne serai pas présent au rendez-vous et dans le même élan l'inviter à mettre sa promotion et ses belles promesses où je pense. J'en ferai de même avec Monsieur Maxwell en l'invitant à mettre sa proposition d'achat à peu près au même endroit.

Ce sera le même package pour ces deux personnalités pas si différentes l'une de l'autre au final. C'est un exercice difficile que je m'apprête à exécuter et en même temps, je suis soulagé que les évènements survenus pendant mon séjour à Christmas Land m'aient permis de côtoyer le miroir, en la personne de Monsieur Maxwell, de mon ancien supérieur hiérarchique. Cela m'a permis d'ouvrir les yeux et de résister à des propositions qui n'auraient fait que servir les intérêts de personnes n'ayant aucun respect, ni aucune considération, pour les autres.

Messieurs, vous êtes démasqués !

Je prends à nouveau les rênes, et je ne suis pas près de les lâcher.

–   Franck ? Cela fait plus d'une demi-heure que je vous observe en train de faire les cent pas sur le porche ! Quelque chose ne va pas ?

–   Je...réfléchis

–   Vous ne devez plus être très loin de la transe alors, parce que ça fait beaucoup de réflexion là.

–   Ne vous moquez pas Gretchen, je dois juste trouver le courage d'envoyer balader mon ancien patron et Maxwell.

Dans le regard de Gretchen, je discerne comme une espèce d'excitation.

Elle se précipite vers moi et m'installe près d'elle sur un des canapés sous le porche. Elle nous recouvre de plaids rouges et verts, cale son cache oreille, remonte le col de son gros pull d'hiver et commence à me coacher sur mes entretiens.

–   Ce p'tit machin là...

–   Mon téléphone ?

–   Oui ! Bon, et bien c'est l'accessoire idéal pour affronter les abrutis dans le genre de Maxwell.

–   C'est à dire ?

–   J'ai appris ça grâce à un tatou, que mon petit-fils m'a montré.

–   Un TUTO vous voulez dire ?

–   Si vous le dites. Bref, vous faites d'abord le 3277, et ensuite vous tapez le numéro de votre interlocuteur.

– Et ça fait quoi ?

– Ça fait que vous n'aurez pas à leur parler directement. Vous tomberez sur leurs boîtes vocales. Ça peut paraître lâche, mais qui le saura ? Ça vous évitera une bonne dose de stress, et vos interlocuteurs penseront qu'ils manquaient juste de réseau. Une attitude aussi minable que la leur. Ils ne méritent pas plus d'attention de votre part. Votre temps à partir de maintenant est précieux et ne doit servir que vos propres intérêts.

Si je m'attendais à ça. Je pensais qu'elle allait me donner des conseils sur la formulation à adopter et m'encourager à les affronter...

– Pour quoi faire ? Eux, c'est le passé. Vous, vous êtes l'avenir. Vous n'avez plus de temps à perdre avec tout ça. Ils ont été désagréables avec vous, donc vous faites à votre façon en évitant les conflits et leurs discours de filous.

– Je tiens les rênes !

– Exactement mon p'tit !!

Elle est géniale !

Je suis convaincu ! Pourquoi gaspiller mon temps et mon énergie alors que j'ai tant à faire pour construire mon « après ».

Fort de cette suggestion, je compose les quatre chiffres magiques et je brave les répondeurs de ces deux guignols. J'y ajoute la touche hypocrite de leurs méthodes respectives en commençant mes messages par ces mots : « *Je regrette de ne pas vous avoir en ligne, j'aurais préféré vous parler de vive voix mais vous ne devez pas avoir de réseau* ».

Voilà c'est fait !

A mon ancien patron, j'ai confirmé ma démission et mon envie d'être libre et indépendant, puis j'ai refusé l'offre de Maxwell.

—   Vous êtes soulagé ?

—   Oui, merci Gretchen.

—   Ne vous torturez pas trop l'esprit avec des choses sans importances. Ce qui vous paraît insurmontable aujourd'hui vous paraîtra bien futile dans quelques temps.

Je l'approuve. J'ai tendance à me laisser déborder par des situations que j'imagine définitives et incontrôlables, alors qu'elles ne sont qu'une minuscule goutte d'eau dans l'immense océan de mon existence.

Je suis conforté par la citation de Confucius qui me revient en mémoire : « *Le bonheur ne se trouve pas au sommet de la montagne, mais dans la façon de la gravir* ».

C'est exactement ça ! Nous passons une grande partie de notre vie à gravir des montagnes de sentiments et des collines d'aléas. C'est pourquoi il est important d'avoir les bonnes prises pour ne pas tomber et se permettre ainsi d'avancer vers des lendemains plus radieux. Aller vers Soi.

Apprendre à se connaître, à s'aimer, s'épanouir et s'équilibrer... Quand je vous dis que je vais finir par écrire un livre sur le développement personnel !!

—   Mais j'y pense, vous avez un petit fils Gretchen ?

—   Et oui. Ça va vous paraître dingue, mais j'ai eu une vie avant de vous connaître.

—   Allez-y, moquez-vous...

– Je ne me moque pas, je vous taquine. C'est tellement facile. Typique des petits Cancers.

– Comment savez-vous que je suis du signe du Cancer ?

– Je suis très douée pour ça. Mon sixième sens zodiacal.

– J'y pense, mais voilà un moment que je n'ai pas pris de nouvelles de votre recherche du grand amour perdu ?!?

– Vous étiez bien occupé mon petit.

– Vous me racontez ?

– Avec plaisir.

Gretchen me narre donc la triste histoire de cette jeune femme poussée au mariage avec un riche avocat de la ville par un père tyrannique. Une jeune femme éprise d'un jeune homme de son village, bien plus modeste, mais auquel son cœur et son âme ne pouvaient résister. Ils vivaient un amour caché, jusqu'au jour où le père de la jeune femme découvrit leur idylle et décida d'y mettre un terme en envoyant sa fille à la ville pour épouser cet avocat qu'elle n'aimait pas.

– Dis donc c'est Roméo et Juliette votre histoire.

– Si vous vous moquez, je cesse mes confidences.

– Désolé...

Ils s'étaient connus sur les bancs de l'école, dans la classe de Madame Véronique. Une institutrice douce et aimante qui considérait ses élèves un peu comme ses enfants.
Ils n'avaient alors que huit et neuf ans.
Gretchen et son amoureux partageaient tout. Les billes à la récré, les sandwichs au déjeuner et parfois même leur goûter sur le chemin du retour de l'école.
Ils adoraient flâner ensemble dans la grande forêt qui borde la

ville. Dévaler les pentes des collines, en roulant dans l'herbe et en hurlant de rire et de plaisir. Gretchen souffrait de l'absence d'une mère décédée alors qu'elle n'était qu'un bébé, et d'un père qui passait son temps à travailler. Fille unique, elle trouvait donc en son ami le petit bout de cœur qui lui manquait tant et qui la reliait au bonheur.

— Je me souviens encore, vous allez trouver ça ridicule, d'une tradition que nous avions au moment des fêtes de Noël. Nous allions chaque année graver nos initiales sur un sapin de la famille de Pipo, le pépiniériste de la ville. Nous scellions à tout jamais notre amitié. Enfin, c'est ce qu'on s'imaginait à l'époque.

Après quelques années, leur amitié devint de l'amour alors qu'ils entraient tous les deux dans l'adolescence.
Séparés au collège, ils se retrouvaient en douce tous les soirs ou les jeudis et dimanches quand cela leur était possible.

— Je me souviendrai toujours de la première fois où il m'a embrassée. Nous étions en haut d'une grande colline qui surplombe la ville. Le soleil était d'une couleur or somptueuse. Nous comptions à rebours jusqu'à ce qu'il disparaisse derrière les grandes collines. Et au moment où le dernier rayon transperça le ciel, il m'embrassa. Je tremblais de partout.

Elle était amoureuse.
Dix longues années à se voir chaque jour. Ils se côtoyaient dans l'ombre d'un père qui jugeait son amour de jeunesse de « *minable fils de paysans* » qui ne mériterait jamais la main

230

de sa fille.

Et malheureusement, il tint parole.

Le soir de son dix-neuvième anniversaire, alors que son amour était venu lui offrir un bracelet en or acheté avec l'argent qu'il avait laborieusement économisé en aidant des ouvriers de la ville, le père de Gretchen les surprit pendant qu'ils échangeaient un baiser.

Fou de rage, il punit les deux amoureux en leur interdisant de se voir pendant de longues semaines avant d'envoyer sa fille à Paris, chez sa grand-mère.

Le temps pour lui d'arranger le mariage avec cet homme qu'elle ne désirait pas.

— Oh je n'avais rien contre lui, mais il n'était pas mon grand amour.

— Pourquoi ne pas vous être enfuie ?

— C'était une autre époque. D'autres mœurs. J'ai eu peur et je le regrette.

— Et vous n'êtes jamais revenue ?

— Jamais ! La vie en a décidé autrement.

A vingt-cinq ans, jeune maman, elle fut victime d'un violent accident de voiture.

Le traumatisme profond rogna une grande partie de sa mémoire.

Une longue rééducation lui permit de reprendre le cours de sa vie mais ses souvenirs d'enfance étaient effacés…

— Un ictus amnésique long ! Un phénomène rare, mal connu à l'époque et donc mal soigné. Aujourd'hui on vous réglerait ça en deux coups de cuillère à pot, mais pas à l'époque. Notre histoire aurait pu inspirer Shakespeare vous ne trouvez pas ?

—   Gretchen c'est...enfin je suis...

—   Il y a quelques mois quand mon père est décédé j'ai retrouvé des lettres cachées qui m'ont permises de relier les derniers points manquants du fil de ma vie. Mon enfance et mon adolescence revinrent petit à petit vers moi : mon passé, la ville, et mon amour perdu.

Veuve et libre, elle décida alors d'entreprendre le voyage jusqu'à la ville qui l'a vue naître et grandir, en espérant retrouver quelques traces de son histoire passée. Et si ce n'était pas trop tard, cet homme qu'elle avait tant aimé.

WAOUH !!!!

J'ai partagé toute une semaine avec Gretchen sans jamais imaginer que sa personnalité et sa vie étaient similaires à celles d'une héroïne de romance.
Ou d'un film de Noël dramatique.
Quelques soucis matériels et culinaires ont, sans aucun doute, entravé mon écoute et mon instinct.
Encore une fois, je suis conforté dans ma décision de passer les fêtes avec Gretchen que je connaissais si peu mais que je découvre maintenant.
Merci à la magie de Noël.

—   Gretchen c'est fou ! C'est dingue ! Mais du coup, avez-vous trouvé le morceau du puzzle qui vous manquait ?

—   Avec l'aide de certains habitants, oui ! J'ai pu retrouver mon école, deux amies d'enfance et surtout l'arbre aux souvenirs où je venais me réfugier petite pour parler à ma mère.

Je sens l'émotion la gagner.
D'une main j'essuie une larme qui coule le long de sa joue
puis la serre dans mes bras. Je la sens si fragile et bouleversée !

—   Mais je n'ai pas retrouvé que ça.
—   Ah oui ?
—   Non, j'ai aussi retrouvé la maison de mon enfance...
—   Ah oui ? C'est génial. Où est-elle ?
—   Juste derrière nous !
—   LE COTTAGE ? Le cottage était votre maison quand
vous étiez petite ?
—   Oui !

Le cottage de ma vieille tante Alice était la maison de
Gretchen. Alice l'a achetée au père de Gretchen quand ce
dernier décida de se rapprocher de sa fille unique.
C'est au tour de Gretchen d'essuyer les larmes sur mon visage
et de tenir ma main. Je suis happé dans un tourbillon de
questions et d'émotions…

—   Vous et moi étions fait pour nous rencontrer Franck.
C'était écrit !
—   « *Mektoub* »
—   Absolument, il n'y avait aucun hasard dans notre
rencontre à Paris. Vous êtes mon petit ange gardien.
—   Arrêtez sinon je vais commencer à convulser de san-
glots et vous allez vous sentir très gênée.

À nouveau, je la prends dans mes bras. Je suis une pièce de

son puzzle. Je ne me suis jamais senti aussi utile et surtout fier d'avoir rencontré une personne aussi rare et exceptionnelle. Je pourrais croire qu'Alice et la mère de Gretchen avaient mijoté cette rencontre de concert, ainsi que toutes nos aventures, pour arriver à ce moment précis, sur ce porche, dans cette maison, trait d'union entre nos deux vies.

J'ai le sentiment que Gretchen et moi sommes connectés...

—   Vous comprenez ma réaction excessive quand vous vouliez vendre le cottage à ce filou de Maxwell ?!?

—   Bien sûr que je comprends. Mais vous auriez dû m'en parler.

—   Je sais. Je vous l'ai dit je suis une vieille imbécile.

—   Sûrement pas. Et je vous aime très fort Gretchen.

—   Moi aussi mon petit Franck.

Je suis fasciné !

En réécrivant ce qui vient de se passer dans les notes de mon portable, je peine à croire tout ce que j'ai pu entendre durant toutes ces minutes.

On parle souvent de « Secrets de familles », mais cette fois-ci, je fais face à un « Secret de vie ». Tout depuis le début dans cette histoire s'est tramé dans l'ombre.

Tout n'était que secret, tout était caché, pour ne pas froisser un homme surprotecteur qui pourtant ne souhaitait que le bonheur de sa fille.

Des destins que l'on croit brisés, alors que, finalement les pièces abimées ou manquantes se réparent, se recollent.

Et je compte bien aider mon amie à assembler les dernières pièces de son puzzle de vie.

Mais voilà que mon téléphone se met de nouveau à vibrer.

C'est ma mère. Gretchen s'éclipse pour me laisser seul.

—   Mon chéri tu vas bien ? Tu ne rentres plus du coup ?
—   Non je vais rester encore un peu. Tu ne m'en veux
pas ?
—   Oh non, j'aurais été de bien mauvaise compagnie
pour Noël avec mon traitement !
—   Tu veux que j'essaye de te faire venir ici ? Je peux te
trouver une ambulance médicalisée. Tu te plairais tellement
au cottage !
—   C'est gentil mon chéri. Mais je ne me sens pas trop
la force de faire le trajet. On se fera un petit Noël entre nous
au calme quand vous serez rentrés avec Anthony. D'ailleurs
tu as de ses nouvelles ?
—   Non je n'arrive plus à l'avoir ça m'inquiète un peu. Il
ne répond même plus à mes messages.
—   Je suis sûre que tout va bien, ne t'inquiète pas.
—   J'espère aussi.
—   Allez raconte-moi un peu tout ce qui t'es arrivé ces
deux derniers jours. Ça a l'air fou.
—   C'est dingue, écoute bien...

Si nous étions dans un film, la caméra effectuerait un lent
traveling arrière me laissant entamer une longue discussion
avec ma mère où je lui raconterais toutes mes aventures. Une
petite musique douce et apaisante viendrait habiller la scène
pour la rendre encore plus belle. Je sais à quel point elle a
besoin d'entendre des choses qui la sortent de son quotidien.
Alors je ne me prive pas de lui raconter chaque petit détail.

30

Plus tard dans la journée je me décide enfin à retourner en ville.

Sur la grande avenue, mon œil est très vite attiré par des habitants qui installent une nouvelle banderole, non loin de celle qui indique le compte à rebours avant Noël.

On peut y lire : « Soirée d'illumination du Sapin de la ville + Guinguette de Noël chez Pipo ». Cela augure de beaux moments à venir…

— A cause de la tempête nous n'avions pas pu faire notre fête d'illumination traditionnelle ainsi que l'hommage aux fondateurs de la ville. Alors on s'est dit que ce serait quand même sympa de l'organiser la veille du réveillon de Noël !

C'est Linda !

— Ça a l'air génial ! J'ai hâte d'y être.
— Vous allez adorer Franck.
— Justement j'allais passer chez vous pour voir si vous vendiez des vêtements chauds ?
— Oui, mais dans mon autre boutique. Celle qui se

trouve à l'entrée de la ville.

— Vous avez deux boutiques ?

— Trois ! Quand on aime on ne compte pas.

— Vous dirigez la ville quoi !

— Chut, c'est un secret ! Allez suivez-moi, j'y allais justement.

Je m'exécute aussitôt et suis Linda qui s'empresse de me faire une sélection des derniers articles tendances qu'elle vient de recevoir : pulls, t-shirts, sweats, pantalons, caleçons, chaussettes....Je me laisse facilement convaincre et compose rapidement ce qui commence à ressembler, de plus en plus, à une garde-robe géante.

— Je vais me calmer car je vais passer de nudiste à fashion victime en un claquement de doigts. Je ne pourrais même pas tout rapporter.

— On vend aussi des valises vous savez ?!?

Était-ce vraiment nécessaire de le préciser ?!?
Linda est la reine du business. Elle pourrait faire acheter un maillot de bain à grelots au Père Noël pour sa tournée du 25. Ça force l'admiration.

— Je vous fais livrer tout ça dans la journée au cottage ?

— Vous êtes parfaite, merci !

— Ne le dite pas trop, ça pourrait faire des jaloux.

C'est sur cette petite note d'humour et dans la bonne humeur que je quitte son magasin pour me poser un peu et écrire.

J'éprouve beaucoup de plaisir à tenir un journal depuis que j'ai quitté Paris.

Je ne sais pas ce que deviendront ces écrits, ni même s'ils pourront intéresser quelqu'un, à part ma mère encore une fois. Mais je n'arrive plus à m'arrêter. C'est une découverte et je suis le premier étonné par ce nouvel hobby.

Tout est prêt au cottage pour recevoir mes hôtes d'un soir ! Cette fois, j'ai anticipé un éventuel accident de cuisine. J'ai passé une commande avec livraison à domicile.

– Et voilà pour vous Monsieur Franck : cinquante mini quiches de Noël, cinquante mini croque-monsieur, cinquante mini roulés à la cannelle, les amuse-bouche pour l'apéritif, du vin...

– ...et du lait de poule ?

– ET du lait de poule bien sûr ! Comment oublier. La facture est ici.

– Je passerai demain matin pour tout régler. Ça ira ?

– Faut voir ça avec mon boss ! Ça tombe bien c'est l'un de vos invités ce soir.

– Merci Arthur. Vous êtes sûr de ne pas vouloir rester un peu ?

– Vous kidnappez les patrons à deux jours du réveillon, faut bien que quelqu'un fasse tourner la boutique.

– Vous avez raison. On se verra demain soir chez Pipo alors !

– Oh que oui ! Je ne raterai ça pour rien au monde.

Gretchen réceptionne avec moi toutes les provisions que nous installons sur la grande table du salon qui servira de coin buffet pour ce soir. Il ne manque que les spécialités de Gretchen. Quelques fruits frais, les coupes à champagne, ou à lait de poule ce sera selon les envies, et tout est fin prêt. Delphine et Cédric sont les premiers à arriver. Je suis si heureux de les voir. Suivent Mathilde et Mika, Linda, Sammy le super chef de chantier et quelques-uns de ses ouvriers, ainsi que leurs familles. Pipo le pépiniériste est présent lui aussi, mais toujours aucune nouvelle de George qui tarde à arriver.

— Commençons, ça le fera sûrement venir.
— Vous avez raison Gretchen, Monsieur le Maire a sûrement fort à faire avant la soirée de demain.

Hop hop hop ! Quoi ?

— Que venez-vous de dire Sammy ? George est le maire de Christmas Land ?
— Quelle question ! Bien sûr que c'est le Maire ! Et depuis de longues années. Il ne vous l'avait pas dit ?
— MAIS NON ! Gretchen vous le saviez ?
— Franck, mon petit Franck. Petit oisillon tombé du nid qui semble tout perdu dans ce monde de géants. Oui je le savais ! Bien sûr !

En même temps cela ne m'étonne qu'à moitié. Et je dois dire que cette fonction lui va comme un gant. Il s'est bien joué de moi. Delphine est amusée par la situation elle aussi :

— George prend un malin plaisir à cacher sa responsabilité et à travailler dans l'ombre, c'est notre Batman !
— Oh j'adore Batman maman. Ou Spiderman. Non,

Superman est quand même vachement plus fort. Et il porte des lunettes. Je sais plus du coup…

– Va te chercher un truc à grignoter mon chéri, tu réfléchis beaucoup trop.

– Delphine ! Je me souviens maintenant de m'être interrogé sur le clin d'œil complice que vous aviez échangé avec George quand nous étions dans l'école et que je lui disais qu'il ferait un bon Maire…

– Je me suis pincée très fort pour ne pas rire.

– Vous m'avez berné tous les deux.

– Je suis désolée mais vous étiez si sincère et en même temps si crédule que c'en était à mourir de rire !

De vrais petits filous.
J'excuse un peu plus son retard du coup.

– Oh Franck, voudriez-vous nous mettre un peu de musique s'il vous plait ? Ce « petit cookie » par exemple, que vous m'avez fait découvrir. J'ai adoré l'écouter dans la voiture l'autre jour.

– Avec plaisir, Gretchen. Par contre c'est : « Petit Biscuit », pas « petit cookie ».

Je programme différentes musiques de « Petit Biscuit » et des albums de reprises de chants de Noël. Mes invités apprécieront. J'en suis sûr.
Les discussions vont bon train dans une atmosphère douce et amicale. Je navigue entre la cuisine et le salon pour dresser la grande table du buffet. On pourrait presque imaginer que je maîtrise la situation. J'ai bien dit « presque » …

— J'ai rarement mangé des mini quiches de Noël aussi bonnes, Franck. Vous féliciterez le chef !

— Félicitations à vous Mika ! Petit malin.

Les anecdotes envahissent nos échanges, chacun de nous raconte un morceau des bons moments de l'année qui s'achève.

Je retrouve l'ambiance qu'il y avait pendant la tempête, mais cette fois-ci avec de la lumière, un buffet digne de ce nom et une élégance particulière. Chaque invité a pris soin de se mettre sur son 31 ce soir, j'y suis sensible.

— Alice aurait été fière de ce que vous avez fait du cottage Franck.

— Je n'ai rien fait Linda. Croyez-moi. Sammy et son équipe ont scrupuleusement suivi ses instructions.

— C'est peut-être de ça qu'elle serait fière, vous avez respecté sa volonté !

— Merci.

Depuis vingt-quatre heures, je suis tiraillé par mes émotions, je lutte pour ne pas pleurer à chaque remarque délicate de mes nouveaux amis. Gretchen, la déesse du zodiaque, justifierait mes émois en me rabâchant que c'est le signe du « Cancer » qui est le maitre de mon tempérament.

De temps en temps, je check mon téléphone dans l'espoir d'avoir des nouvelles d'Anthony. Toujours rien. L'inquiétude monte.

Gretchen le remarque :

— Pas de nouvelles d'Anthony ?

– Non. Rien.

– Ne vous inquiétez pas. Où qu'il soit je suis sure qu'il pense à vous.

– Il me manque, si vous saviez...

– Oh je sais, je sais !

– Pardon, je n'ai même pas eu le temps de revenir à votre histoire et de vous aider dans vos recherches.

– Oh ce n'est pas grave, ce n'est pas à un jour près. Profitez de la soirée et de vos invités.

– Merci.

Il est bientôt minuit.

Nous n'avons aucune nouvelle de George.

Les invités sont presque tous partis.

Delphine a couché Cédric dans l'une des chambres à l'étage. Il était épuisé.

Après un peu de rangement et un tantinet de ménage, nous nous installons au coin du feu et profitons de cette fin de soirée.

Je sers un verre aux derniers invités, ce qui a l'air de bien amuser Gretchen :

– Un verre de lait de poule tiède devant un sapin qui brille de mille feux ? Je commence à me dire que Christmas Land a vraiment déteint sur vous Franck !

– On dirait bien...

– Gretchen ! Vous êtes mon idole !

– Qu'est-ce que vous racontez Delphine ? Moi ? Une idole ? Quelle blague !

– Mais si ! Tout le monde parle de vous en ville. Avoir le courage après tant d'années de ne pas renoncer à votre his-

toire et de tout tenter pour retrouver votre amour de jeunesse.
C'est très courageux !

—   Le courage, ou la folie ! Ce sont deux états assez similaires quand on y pense.

Je les écoute et je suis toujours aussi charmé par le récit
de Gretchen. La rencontre avec son amour perdu. L'école.
Les goûters partagés. Les traditions de Noël et cette gravure
annuelle en signe de trace intemporelle et...

Attendez une minute !

J'y pense seulement maintenant. Mais, c'est...bien sûr !
Comment j'ai pu...
Mais je suis tellement...
STOP !!! On arrête le bafouillage cérébral et on se concentre.
La gravure sur la cheminée aurait-elle un lien avec l'histoire
de Gretchen ?
Je l'informe immédiatement de la trouvaille que j'ai faite le
soir de la tempête.
Je pensais sincèrement qu'il s'agissait d'une erreur ou d'une
signature maladroite.
Mais non, tout correspond. Tout se relie. Je suis sûr d'avoir
raison et je suis sûr que...

—   Mais vous allez me montrer cette foutue gravure
espèce de pipelette !
—   Oh oui pardon. Elle est ici.

Et là comme par magie, ce qui me paraissait flou l'autre
jour me semble évident aujourd'hui. Deux lettres gravées et

enchevêtrées dans la brique rouge de la vieille dame fumante :
un « K » et un « G » !
« G » pour Gretchen, bien entendu. Mais « K » ?
A quoi correspond cette lettre ? Quel prénom ? Quel symbole ?

—   Ça ne vous dit vraiment rien Gretchen ?

Gretchen peste contre sa mémoire. Delphine, qui connaît chaque habitant de la ville, est tout aussi incapable de trouver une correspondance avec la lettre « K ».

—   Je suis si proche de trouver. Ça me rend folle. Mais que veut dire ce « K » ?
—   Je ne sais pas. Karl ? Kevin ? Kylian ? Kenzo…
—   « KLAUS » !

Une voix grave et puissante résonne derrière nous.
George est au fond de la pièce, les yeux pleins de larmes et le sourire aux lèvres :

—   Qui est ce Klaus ?
—   Je suis Klaus ! Plus exactement, c'est mon nom de baptême ! George n'est que mon second prénom….

Un silence assourdissant envahit le cottage, nous sommes statufiés.

—   Après ton départ, Gretchen, je ne voulais plus, je ne pouvais plus porter le prénom qui me liait à toi. Je t'aimais tant ! Quand tu m'as quitté, j'ai pensé que je mourrai. Tu emportais une partie de moi, la meilleure. Par superstition et avec espoir, j'ai décidé que je ne m'appellerai plus jamais Klaus, jusqu'à ton retour. J'ai gravé ces initiales un soir où ton père travaillait tard. Une trace de notre histoire, comme pour me prouver qu'elle avait bien existé et que je ne t'avais pas rêvée…

Gretchen s'approche doucement de George, sans dire un mot, et l'invite à s'asseoir près d'elle.

—   …voilà les raisons pour lesquelles, je ne t'ai pas confié mon identité plus tôt ! J'ai vu comme un signe magnifique de vous trouver avec Franck le soir où vous êtes tombés en panne dans la forêt. Je t'ai reconnue instantanément. Mon cœur s'est remis à battre, mes mains se sont mises à trembler. J'avais si longtemps espéré et attendu de revoir ce regard qui m'avait tant manqué. Mais je ne connaissais pas les raisons de ton retour. Ton père parlait sans cesse de ton accident mais je n'ai jamais osé lui en demander plus. Je ne savais pas où te chercher. Aussi, j'ai voulu profiter de chaque instant que la vie m'offrait de nouveau avec toi, sans oser te parler de notre passé. Je suis désolé…

Gretchen pose alors délicatement une main sous son menton et relève son visage.
Elle le regarde au fond des yeux, comme pour sonder son âme. Puis…elle le reconnaît. C'est bien lui. Elle en est sûre ! Et là, devant nos yeux ébahis, les deux cœurs qui étaient en sommeil depuis de nombreuses années battent de nouveau à l'unisson.
Gretchen qui avait le visage tendu, esquisse un sourire magni-

fique et lumineux.

Elle retrouve enfin celui qu'elle a tant aimé.

Les deux amants s'embrassent tendrement.

Delphine et moi, sommes émus jusqu'aux larmes.

Nous sommes les témoins privilégiés d'un moment rare et d'un épilogue, lequel bien que tardif n'en est que meilleur.

Nous nous éclipsons sur la pointe des pieds. Nous ne voudrions pour rien au monde briser cette bulle de bonheur qui grandit dans le salon.

J'invite Delphine à rester pour la nuit et à rejoindre Cédric pour se reposer un peu.

Je passe une dernière fois la tête dans l'entrebâillement de la porte, Gretchen et George les yeux remplis de larmes rient. Ils semblent plus jeunes, plus vivants. Leurs mains comme leurs regards ne se lâchent plus.

Tout est calme. Tout est beau. Tout est apaisé.

Les deux amants se sont retrouvés et leurs cœurs ne font plus qu'un à nouveau : « K . G »

31

Nutella !
Confiture de fraises !
Oh non, Sirop d'Érable !
Ou juste un peu de sucre en poudre...
Hum...je ne sais pas...
Que se passe-t-il ?
Tous mes sens sont en émoi et mes papilles chantent.
Suis-je toujours en train de dormir ?
Ah non ! Je me réveille et la chambre sent bon le sucre, la cannelle et le beurre chaud. Je suis enveloppé par cette odeur délicieuse et cotonneuse qui traverse chaque recoin de la maison.
Elle est onctueuse, moelleuse, rassurante...
Quel bonheur ! J'ai l'impression de me réveiller dans les cuisines d'une boulangerie où se mêleraient les odeurs de viennoiseries chaudes et de pain frais sortant du four.
Je saute dans un peignoir et descends deux à deux les marches du grand escalier qui mènent à la cuisine. J'y découvre Gretchen en train de cuisiner une montagne de crêpes et de pancakes. L'odeur de cannelle mêlée à celle de la vanille est divine.

–   Gretchen ? Mais c'est génial d'avoir fait ça, merci !

–   Rien de tel qu'un bon petit déjeuner maison pour bien démarrer la journée. Installez-vous et mangez tant que c'est chaud.

Je ne me fais pas prier et je me jette sur les crêpes qui obsèdent mon esprit gourmand depuis quelques minutes.

–   Hum...c'est délicieux ! Je pourrais mourir pour ça !

–   N'exagérez pas. Mais c'est vrai que j'ai un certain don.

Quelque chose a changé chez Gretchen.
Ses traits sont reposés. Elle a rajeuni.

–   Nous avons fait l'amour cette nuit !

Et là je manque de m'étouffer…

–   Quoi ? Mais...

–   Je vous vois me dévisager avec votre petit œil de curieux. Donc oui, j'ai retrouvé l'homme que j'aime et nous avons fait l'amour. Du coup je me sens d'humeur à cuisiner et à chanter avec les petits oiseaux.

–   Comme Blanche Neige ?

–   Restez poli ! J'ai dit heureuse, pas soumise.

–   Je suis tellement content pour vous et George.

–   Merci Franck.

Deux autres bouilles ne tardent pas à apparaître et nous rejoignent autour du grand îlot central de la cuisine. Delphine et Cédric ont également été réveillés par les odeurs

250

alléchantes du petit déjeuner cinq étoiles de notre Gretchen amoureuse.

— Maman regarde tous ces pancakes, waouh !
— Oui, oui, doucement ! DOU CE MENT ! Un à la fois et pas trop de sucre sinon tu vas être surexcité toute la journée.
— Je le serai même sans le sucre maman.
— Voilà un enfant qui sait ce qu'il veut !
— C'est vous qui avez préparée tout ça Gretchen ?
— Et oui !
— Vous, vous avez fait l'amour cette nuit !
— Et comment !

Je suis le seul à être mal à l'aise en entendant cette déclaration devant Cédric ?
D'ailleurs il se penche doucement vers moi pour me glisser quelque chose à l'oreille :

— Maman, elle croit que je ne sais pas ce que c'est, mais en fait je sais tout.
— Ah bon ?
— Oui, on a regardé pleins de trucs sur internet pour apprendre avec mes copains.
— AH BON ? Mais tu n'es pas un peu trop jeune pour tout ça ?
— Bah si ! Mais moi je préfère les vidéos de Spiderman de toute façon.

Fier de lui, il engloutit une énorme part de pancake noyée sous un torrent de Sirop d'Érable.

Il est bien loin le temps où l'on regardait des choses coquines dans le dos de nos parents via un écran méga pixélisé qui demandait un entraînement drastique de plissement des yeux pour entrevoir quelque chose. Tout est accessible tellement facilement de nos jours. Il faut que jeunesse se passe.

Je croirais entendre ma mère ou ma tante…

Et donc c'est officiel, cette réflexion le confirme : je suis vieux !

— Bon, je dois vous laisser, j'ai mille choses à faire aujourd'hui pour la fête de ce soir.

— Vous ne prenez même pas le temps de goûter ce que vous avez fait ?

— J'en ai mis de côté dans un sac.

— Vous allez rejoindre George pour l'aider ?

— Oui !

— Filez, je rangerai après notre festin.

— Merci Franck ! À plus tard !

Nous voilà donc tous les trois face à cette montagne de nourriture. Nous dévorons tout ce que nos yeux convoitent, tels trois gloutons lâchés dans une fabrique de sucreries.

— Franck, j'ai eu une idée. Attendez, je finis d'avaler ce délicieux morceau...humm...

— Une idée ? C'est à dire ?

— Une fête surprise !

— Une fête surprise mais, en quel honneur ?

— Pour Gretchen et George alias Klaus.

— Restons sur George sinon je vais être perdu. Je suis avec vous mais, quel genre de fête ? Où, quand, comment ?

–   J'ai ma petite idée...

En bonne ambassadrice de la ville du bonheur, Delphine a déjà pensé à tout.
Nous cherchons un prétexte pour faire venir les deux tourtereaux un peu plus tôt ce soir chez Pipo. Leurs amis et leurs proches les y attendront pour fêter leurs retrouvailles.

–   C'est une super idée Delphine ! Je valide à 100%.
–   Il va falloir prévenir Pipo et tous les autres...
–   ...et surtout occuper les deux amoureux toute la journée.
–   Je m'en occupe.

Cédric qui continue de dévorer ses pancakes, s'amuse de nos attitudes :

–   Vous êtes drôles dis donc ! Vous me faites rire parce que moi je sais...
–   ...tu sais qu'il est temps de filer sous la douche jeune homme ! On a du pain sur la planche.
–   D'accord pffff

Il s'exécute en disparaissant de la cuisine en moins de temps qu'il n'en faut pour dire : « Crêpe au Nutella ».

–   Je vous envoie par texto le numéro des personnes à prévenir et nous ferons le point tout à l'heure pour l'organisation ?
–   A vos ordres chef !
–   Arrêtez, je pourrais m'y habituer !

Je les laisse filer et leur prépare un petit paquet de crêpes et de pancakes que je leur donnerai avant qu'ils ne partent. Ils pourraient avoir besoin d'un peu de carburant sucré durant cette journée qui s'annonce bien remplie.

En fouillant dans les placards je tombe sur une petite boîte en plastique carré. Je la reconnais instantanément. Il s'agit d'une boîte que j'ai offert à Alice pour l'un de ses anniversaires. J'avais alors une quinzaine d'années.

Et non, ce n'était pas une blague d'ado. Quoique...

A l'époque Alice avait toujours sur elle des petits encas qu'elle cachait dans son énooooorme sac à main de Mary Poppins. Sauf que ce sac ne se contentait pas seulement de servir de refuge à ses petites fringales de la journée. Non ! Il lui servait également de trousse de secours, de trousse à maquillage, de trousse à couture, de trousse scolaire (avec un nombre impressionnant de stylos et carnets), de trousse de toilette et même de trousse de survie avec un kit anti venin en cas d'attaque animale, sauvage et furtive. On n'est jamais trop prudent. Bref, une mini maison dans un sac pas plus gros qu'un chihuahua. De ce fait, ses encas finissaient régulièrement en miettes, ou bien recouverts d'encre, de rouge à lèvres ou autre substance peu ragoûtante. Voilà pourquoi j'avais décidé de lui offrir cette petite boîte bleu pâle surmontée d'un flocon blanc sur son couvercle. Elle l'a gardée durant toutes ces années.

Ça me fait un petit pincement au cœur.

Je suis heureux de la sortir de son placard pour mes deux amis gloutons qui sauront lui faire honneur.

Puis, à nouveau, j'essaie de joindre Anthony mais, je suis directement renvoyé vers sa boite vocale. Je suis inquiet, et si jamais...

« Ding ding ». C'est mon portable. Enfin, il m'a envoyé un message.

« Coucou mon chéri, désolé pour le silence mais gros soucis de batterie sur mon portable. J'espère pouvoir rentrer demain pour le réveillon ou après-demain pour Noël. Je te tiens au courant. Je t'aime. »

Ouf ! Me voilà rassuré. J'aurais préféré l'entendre de vive voix, mais maintenant je sais que nous allons bientôt nous retrouver. Mais cela veut dire aussi que je vais devoir quitter mes amis pour rejoindre Paris et mes proches, cette fois j'aurai largement le temps de leur annoncer mon départ de vive voix et leur faire mes adieux lors de la soirée chez Pipo.

J'adore ce nom : Pipo !

Je m'empresse de ranger et de nettoyer la cuisine.

Je me prépare en quatrième vitesse et file en ville pour commencer à effectuer ma mission secrète et prévenir un maximum de personnes pour qu'ils arrivent avant les amoureux chez Pipo…

Deux banderoles sont maintenant accrochées au-dessus de la grande rue. Celle de la fête de ce soir et surtout la plus importante, celle du décompte qui indique aujourd'hui : « Nous sommes à 1 jours du réveillon de Noël, belle journée à tous ». Oui il y a une petite faute d'orthographe visible uniquement le dernier jour, car seul le chiffre se change sur la banderole.

Le plus important c'est que nous sommes la veille d'un événement mondial très important pour beaucoup d'enfants, de familles et de grands rêveurs et pour Christmas Land dont le cœur bat au son des carillons et des chants de Noël.

La ville est pleine à craquer et entre hier et aujourd'hui les installations ont doublé ! Des stands de chocolat chaud, de crêpes, de bretzels géants ou de décorations viennent compléter ce décor déjà haut en couleurs. Les hauts parleurs de la ville crachent des chants de Noël avec un son étouffé qui leurs confèrent un charme supplémentaire.

Il y a un côté rétro mêlé à une ambiance joyeusement folle qui électrise instantanément. Tout le monde se salue et sourit. Trop ? Peut-être… Mais peu importe.

Pour une fois dans l'année, c'est agréable de se laisser griser par ce monde de Bisounours acidulés sans se poser de questions et sans râler.

Il existe les séjours en thalasso pour redynamiser son corps, maintenant il faudra compter avec le pèlerinage à Christmas Land pour redynamiser sa bonne humeur et son âme d'enfant :

– Oh bonjour Franck, je suis content de vous croiser, il fallait que je vous parle.

C'est Monsieur Ray, le notaire de la ville.

– Oh bonjour ! Dites-moi tout, je vous écoute.
– Auriez-vous quelques minutes à m'accorder à mon cabinet ?
– J'ai pas mal de choses à faire pour la fête de ce soir…
– Ce sera rapide, je vous le promets.
– Très bien je vous suis.

Je m'exécute donc. Je ne refuse jamais une entrevue avec un homme de loi.

Qui plus est un notaire. Ça fait toujours un peu peur un

notaire.

– Ne craignez rien, tout va bien. Installez-vous.
– Vous me rassurez.
– Je dois vous parler du cottage. Je sais que vous avez refusé l'offre de Mr Maxwell. Et si, encore une fois, je suis ravi et honoré d'en assurer la gestion, je ne peux pas décider sans votre aval de l'avenir de ce lieu.
– Je vous avoue que je n'ai pas trop eu le temps d'y réfléchir depuis hier. Tout va très vite ici…
– …nous sommes à Christmas Land ! Je me permets de vous alerter car il n'est jamais bon de laisser traîner ce genre d'affaire.
– Justement, j'ai peut-être trouvé une solution...

Nous terminons notre entretien sur mes interrogations quant à l'avenir du cottage, quelques affaires en cours et je l'invite à notre fête en l'honneur de George et Gretchen.

Je quitte son office et je me dirige vers le Home Made.

En chemin, je rencontre Linda et l'informe de la surprise en préparation, elle m'assure de sa présence et aussi qu'elle viendra nous prêter main forte chez Pipo pour les préparatifs. J'adore toujours ce nom : Pipo !

Arrivé à destination, je m'installe à une table et je découvre l'enthousiasme de Mathilde et Mika qui ont été prévenus par Delphine. Eux aussi adorent cette idée.

En dégustant un succulent chocolat chaud à la cannelle et au lait d'amande, je prends connaissance de la liste des personnes à appeler et je commence ma série d'appels.

Mathilde m'interrompt :

—   A quelle heure irez-vous chez Pipo ?

—   Écoutez, j'ai appelé tous les numéros que Delphine m'a envoyé. J'attends juste une ou deux confirmations, mais je pense pouvoir y être en début d'après-midi.

—   Parfait ! Nous y serons aussi.

—   Et le Home Made ?

—   Fermé ! Après le service de ce midi. Les clients sont habitués, ils savent que les jours de fête, les stands dans la ville prennent le relais. Il faut de plus vérifier tous les câblages qui passent dans notre petite cour pour l'illumination du sapin.

—   Tout est minutieusement orchestré !

—   Exactement ! À tout à l'heure.

—   À tout à....

Elle a déjà filé !

Je décide de retourner un peu au cottage avant le début du marathon des préparatifs.

Je vais même me payer le luxe de regarder un film de Noël ! Habituellement, j'en regarde une quantité astronomique au moment des fêtes, mais je n'ai pas pu trouver de moment pour le faire depuis mon arrivée.

En même temps, c'est un peu comme si j'étais au cœur d'un VRAI film de Noël ici.

C'est à s'y méprendre.

Comme quoi, tout n'est pas si faux et si exagéré dans ces films. Ou presque...

Je m'installe confortablement et...concentration... le moment est important :

« *Noël à Evergreen* » ? Hum hum...

« *La tempête de Noël* » ? Mouais...

« *Les souliers de Noël* » ? Bof…

« *Le père Noël a disparu* » ? Pourquoi pas…

« *Un mariage à Noël* » ? Ah !

« *Un mariage à Noël, 2* » ? Oula !

« *Un mariage à Noël, 3* » ? Oulala !

Ils n'étaient vraiment pas sûrs d'eux ou avaient beaucoup d'ennemis pour éprouver le besoin de se marier trois saisons de suite.

Je ne sais pas lequel choisir.

J'ai peu de temps, je dois prendre le risque d'être déçu sans pouvoir me rabattre sur un second choix. Le choix est Cornélien.

Ce film va rythmer ma fin de journée.

Trop mou, je serai de mauvaise humeur.

Mauvais, je serai exécrable.

Trop romantique, je serai niais.

Trop drôle, je serai hystérique.

Ma réactivité mentale à ce genre de films ne dépasse pas celle d'un enfant de cinq ans.

Je n'ai plus aucun frein émotionnel à ce moment-là.

J'opte pour une valeur sure. Un classique !!

Il n'en reste pas moins que le choix est large aussi de ce côté-là : « *Love Actually* » ? « *Miracle sur la 34ème rue* » ? « *La vie est belle* » ? « *Le Pôle Express* » ?...

Puis, je trouve le film idéal : « *Maman j'ai raté l'avion 2, seul à New York* », avec Macaulay Culkin. Un GRAND classique.

Il existe un débat du meilleur film entre le premier et le deuxième, je n'y participe pas.

J'ai une affection toute particulière pour celui-là, tourné en plus dans ma ville préférée : New York !

Mais aussi parce qu'il me renvoie à des souvenirs : des crises de fous rires incontrôlables avec ma mère et ma tante. Notamment lorsque que Marvin et Harry, les deux méchants de l'histoire, se retrouvent piégés dans une maison de ville truffée de pièges plus fous les uns que les autres, préalablement installés par le jeune héros : Kevin McCalister. Chutes, électrocutions, incendie...

Les comédies de l'époque se moquaient bien du « politiquement correct ». Elles poussaient le curseur de l'absurde assez loin et devenaient des comédies culte, qui nous régalent encore aujourd'hui. Bien que connaissant ce long métrage par cœur, je trouve toujours beaucoup de plaisir à le revoir jusqu'à verser, à chaque vision, une petite larme à la fin lorsque le jeune Kevin offre des ornements de sapin, en forme de colombes, à une femme qui vit dans la rue. Un symbole d'amitié éternelle qu'il partage avec celle qui l'a aidé à traverser, sans heurts, ses péripéties New-Yorkaises.

C'est donc le film parfait pour me poser un peu avant d'aller préparer la...LES...fêtes de ce soir !!!

C'est parti !

32

– Franck ? Franck vous êtes là ?
– HEIN ???

Et voilà, le peu de dignité qui me restait vient de voler en éclat en même temps que je sors d'un profond sommeil, la télécommande collée sur la joue droite, le cheveu hirsute et le petit filet de bave au bord des lèvres.
Je me suis endormi et…un bon moment apparemment en découvrant les regards paniqués des « 2M » qui sont plantés devant moi dans le salon :

– On a eu peur. Vous ne répondiez pas à votre téléphone.
– Je suis désolé je crois que je suis parti loin, très loin...
– Y'a rien de mieux qu'une bonne sieste.
– Mika, pitié ! C'est pas le moment. Franck on a besoin de vous à la grange.
– Oui, oui, bien sûr. Laissez-moi juste le temps de prendre mon manteau et je vous suis.

Je n'ai même pas le temps d'avoir honte que je suis déjà

dans leur voiture en direction de la grange de Pipo.

Tous s'affairent à la tâche, et cela depuis un moment apparemment, vu l'avancée des décorations de l'immense bâtisse. Elle ressemble à s'y méprendre à celles que l'on peut voir dans les plus beaux films de Noël. Le décor naturel de bois, mêlé aux nombreuses guirlandes blanches, sapins, photophores rouges et autres décorations… lui donne un cachet fou.
On se croirait dans une forêt enchantée.
Il ne manque plus que les lutins du Père Noël pour que tout soit parfaitement raccord.
Rectification, ils y sont !
Parmi d'autres personnages imaginaires en résine installés tout au fond de la grange. Un endroit parfait pour que les enfants, et les influenceurs régionaux (s'il en existe) puissent faire des photos souvenirs.
Mais il reste encore beaucoup à faire.

—   Franck je vous embauche pour m'aider à l'extérieur ça vous va ?
—   Parfait ! C'est superbe Mathilde. J'étais justement en train de me dire que vous avez tout ce qu'il faut pour organiser un grand marché de Noël et...

…là, c'est le drame ! Un grand silence pesant s'installe.
Tous les regards (noirs) sont braqués dans ma direction.
J'entends des pinceaux et d'autres accessoires de décoration tomber des mains des personnes autour de moi.
J'ai l'impression d'être une pièce de bœuf rôti face à une meute de loups.
J'ai envie de disparaître, très vite.

– Vous autres remettez-vous au travail, il n'est pas d'ici il ne pouvait savoir.

– Mais qu'est-ce que j'ai dit ? Je parlais juste d'un marché de...

Et là, croyez-le ou non, Mathilde crache d'un coup sec par terre comme pour conjurer un mauvais sort.

– Chut ! Taisez-vous malheureux. Sortons. Je vais tout vous expliquer...

Christmas Land a perdu le droit d'organiser des marchés de Noël il y a de cela une dizaine d'années alors qu'avait lieu la célébration du « Plus beau marché de Noël de France » par un célèbre journal télévisé. La ville faisait partie des trois derniers finalistes. Mais il y a eu triche. Un des jurés a juré (jeu de mots subtil) avoir reçu une proposition de pot de vin d'une personne de la mairie, afin de les faire gagner. Du coup, disqualification et honte sur toute la ville. Il a fallu qu'ils travaillent tous très dur pour réussir à redorer le blason de la petite capitale de Noël.

– C'est une vraie guerre ces marchés de Noël ! Vous n'imaginez pas. Y'a un vrai business derrière. Mais heureusement nous avons d'autres atouts maintenant.

– Mais ça reste un point sensible.

– TRÈS !!!

Je prends donc le parti de ne plus jamais mentionner l'idée d'un marché de Noël.
En tous cas pour cette année...

Nous nous mettons à l'œuvre devant la grange, accrochant une gigantesque banderole avec l'inscription : « Grande fête de Noël de Christmas Land ». Nous l'entourons de guirlandes de leds lumineuses, afin qu'elle soit visible au loin. Il faut aussi préparer une grande allée centrale entourée de part et d'autre de grands sapins, donnant ainsi l'illusion d'entrer dans cette grande forêt magique.

—   Mika ! Qu'avez-vous fait de Gretchen et George ?
—   On les a enfermés !
—   Quoi ?
—   Qu'il est bête ! Ne l'écoutez pas, Franck ! Ce qu'il veut dire c'est qu'on leur a confié la tâche de préparer et découper les coupons pour la tombola de ce soir. Tout ça à la main.
—   Et ils ont accepté ?
—   Il faut croire que l'amour fait des miracles.
—   En effet !

Nous rions de bon cœur en pensant aux tourtereaux qui profitent de leurs retrouvailles en découpant des bons en cartons. Seuls au monde. Au calme. Loin de toute cette cohue. L'endroit parfait pour faire ça et…OH MON DIEU !!! Stop ! Ils sont en train de découper !
ILS SONT EN TRAIN DE DÉCOUPER !
Respire Franck, respire.
Des images horribles envahissent mon esprit. C'est comme surprendre ses parents en train de faire l'amour. Beurk.
Oui, il n'y a pas d'âge pour dire « Beurk ». Surtout quand on imagine deux sexagénaires en train de...

—   Franck attention vous prenez feu !

– QUOI ?

Avec mon habileté légendaire, j'ai bien failli mettre le feu au sapin dans lequel j'installais une bougie que je venais d'allumer.

Nous passons le reste de l'après-midi à préparer, couper, décorer, émincer, pâtisser...
Il sera bientôt temps de retourner en ville pour assister à l'illumination du sapin.
Mais avant cela, nous avons un « plan surprise » à mettre à exécution.
La nuit est tombée sur la ville et sur la grange de Pipo. J'adore ce nom !
Dans la grande bâtisse tout n'est plus que guirlandes lumineuses en or, sapins blancs et gros nœuds argentés.
Delphine nous informe que George et Gretchen sont en chemin pour déposer les bons pour la tombola avant l'illumination.
Rapidement, nous nous cachons, amusés par la situation.
On entend de-ci de-là des rires étouffés et des chuchotements dans des recoins sombres de la grange. J'espère que la surprise leur plaira.
Quelqu'un arrive. Chut, plus un bruit.
La grande porte de la grange s'ouvre lentement. Chaque grincement nous fait vibrer un peu plus et nous sommes tous prêts à laisser éclater notre joie et fêter ce couple que l'on aime tant et...Attendez !
Je ne comprends pas...
Cédric, le fils de Delphine vient d'entrer, paniqué et en pleurs.

Il nous supplie de le suivre au plus vite.

Quelque chose de terrible vient de se produire !

33

Sans réfléchir, je me lève d'un bond et cours sans m'arrêter en direction du cottage.

Je suis paniqué…je ne comprends pas ce qui se passe.

Cédric s'est empressé de repartir sans nous en dire plus.

Le petit semblait être sous le choc.

J'essaye de garder sa silhouette dans mon champ de vision.

Pendant cette course effrénée, mon imagination tourne en boucle et je ne peux m'empêcher de penser aux pires scénarios.

George et Gretchen ont-ils eu un accident ? L'un d'entre eux est-il blessé ?

C'est une torture…

En courant, je ne ressens pas la douleur que le froid inflige à mes poumons à cause de cet exercice si soudain et si violent.

Je ne pense qu'à eux ! Mes amis ! Ma nouvelle famille !

Ceux que j'ai appris à connaître et à aimer depuis seulement quelques jours. En passant devant le cimetière, je supplie Alice de m'aider et de nous apporter son soutien.

Les larmes commencent à ruisseler sur mon visage alors que j'imagine le pire.

Le silence de cette douce soirée enneigée tranche avec l'état de panique dans lequel je me trouve.

Enfin, voilà le cottage !
La porte d'entrée est grande ouverte.
Je me précipite à l'intérieur suivant la voix de Cédric.
Et là je le vois, immobile et paisible, le sourire aux lèvres.
Je me fige sur place ! C'est Anthony !
L'homme que j'aime, est là, devant moi, en costume, un genou à terre !
Cédric, Gretchen et George l'entourent. Je pivote la tête et vois un autre sourire familier qui me fait instantanément du bien. C'est ma mère ! Elle est également présente.
Mon esprit est totalement chamboulé :

     –   Je ne comprends pas...

     –   Parfait ! C'est l'effet recherché mon chéri. C'était le seul moyen de te surprendre. Tu sais à quel point je suis nul pour les surprises...

     –   Mais...

     –   Je t'aime. Et je suis incapable de faire un discours alors : Veux-tu m'épouser ? Réponds, s'il te plaît, le stress est à son comble et je commence à avoir mal au genou.

Il sort alors une petite boite qu'il cachait derrière son dos. Un bel écrin dans lequel est niché un anneau argenté. Je me précipite dans ses bras en hurlant « *Oui* » et je l'embrasse de toutes mes forces :

     –   Je m'en doutais, mais je suis heureux de l'entendre.

Je reprends mes esprits et je cours enlacer ma mère qui

pleure autant que moi.

Puis, j'enlace Gretchen, George et Cédric.

Je tente de reprendre le dessus, mais mes paroles sont ponctuées de légers trémolos dans la voix qui trahissent mon émotion :

– Vous êtes des sacrés cachottiers. Et toi, Cédric, chapeau bas, tu mérites l'oscar du meilleur petit loulou paniqué.

Il rit joyeusement et semble avoir pris beaucoup de plaisir à avoir interprété ce rôle dramatique.

Pour me surprendre, il avait fallu la complicité de toute la ville de Christmas Land, qui m'aidait en fait à préparer ma propre fête de fiançailles.

– Oh la vache ! Il court drôlement vite le bougre. Il a dit quoi ?

C'est Delphine, Mathilde, Mika et le reste des complices de la grange qui arrivent seulement. Tous essoufflés.

– J'ai dit « OUI » !

Une vague d'applaudissements et de sifflements envahit alors le cottage.

J'embrasse Anthony comme au premier jour.

Forcément nous pleurons ! Forcément nous sommes heureux !

– Mais…comment…Où…as-tu pu organiser nos fiançailles ici, mon cœur ?

– Pendant une certaine grève qui avait l'air de beaucoup te contrarier. Sauf que je n'avais pas prévu que tu restes ici. J'ai donc dû improviser. J'ai demandé de l'aide à ta mère qui m'a rapproché de Monsieur Ray, lui-même m'a mis en contact avec George, qui a son tour m'a renvoyé vers Gretchen.

– Mais nous n'avons pas eu grand-chose à faire. Anthony a tout réglé à distance entre deux vols.

– Vous exagérez Gretchen, vous avez simplifié l'organisation, sans vous, ça aurait été beaucoup plus compliqué de le surprendre. Merci pour tout.

Ils semblent déjà bien complices ces deux-là !
Cédric est pressé de donner une information supplémentaire :

– Et moi je savais tout ! Même que ce matin quand on mangeait les crêpes…

– …tu as failli vendre la mèche. Oui, on sait mon chéri !

– Je vous rassure Delphine, je ne me suis douté de rien !!

Je suis très touché qu'autant de personnes se soient impliquées dans cette énorme surprise.
Mon regard se tourne de nouveau très vite vers ma mère.
Je suis si ému de voir la petite femme de ma vie présente ici avec nous :

– Tu as vu, j'ai sorti mon plus beau fauteuil !

– Tu es belle ma maman. Je suis tellement heureux que tu sois là.

– Moi aussi mon chéri. Je n'aurais loupé ça pour rien au monde. Anthony m'aurait trainée de force ici, quoi que je décide.

Je lis dans ses yeux à la fois de la joie, de l'amour mais aussi une pointe de mélancolie.

Je comprends de suite et je me tourne vers Anthony qui comprend instantanément :

–   Allez-y, je vous rejoindrai dans quelques minutes pour vous emmener en ville. Ça me laissera le temps de passer une tenue plus confortable.

Tous ceux qui étaient présents dans le cottage se dirigent maintenant vers le grand sapin de la ville. Je remercie encore mes amis et leur assure que nous serons présents pour l'illumination. Je vois leurs regards remplis d'amour et de tendresse :

–   Prenez tout votre temps Franck. C'est un moment important pour votre famille. Nous, on ne bouge plus. Vous savez où nous trouver. On vous attend.

–   Merci Gretchen. Merci les amis.

Puis, j'aide ma mère à enfiler son grand manteau d'hiver et lui couvre les jambes avec l'un des gros plaids du salon. Elle me demande de lui attraper une boite en carton posée sur le buffet de l'entrée, je m'en empare, la boite est lourde, je la dépose sur ses genoux.

Tandis que je pousse son fauteuil sur la route enneigée, je vois qu'elle cherche quelque chose du regard…

Nous arrivons devant le cimetière.

J'attends quelques instants et vérifie qu'elle va bien, alors qu'elle fixe le grand arbre sous lequel est enterré Alice.

Elle me regarde en souriant et je comprends ainsi qu'elle est prête !

Quelques secondes plus tard, nous sommes devant Alice.

— Elle a toujours su dégoter les meilleures places.
— Je me suis fait la même réflexion !

Ma mère me tend alors la boîte et me demande de lui ouvrir. Je la pose au sol devant elle. À l'intérieur j'y découvre la fleur préférée d'Alice, une rose rouge, semblable aux fleurs gravées sur les portes d'entrée du cottage, puis une petite plaque funéraire représentant un livre ouvert. Elle a fait graver dessus une photo de nous trois, heureux et souriants, et y a ajouté une citation de Victor Hugo : « *Tu n'es plus là où tu étais, mais tu es partout là où je suis* ».

Je relève la tête et lui souris, ému. Je pose la rose et la petite plaque devant l'emplacement d'Alice :

— Merci de m'avoir amenée à elle. Ça te dérange si...??
— ... je vous laisse. Fais-moi signe quand tu veux partir. Prends ton temps.
— Merci mon chéri.

Je vais m'asseoir sur un banc en pierre, un peu plus bas dans l'allée. Ce moment est important pour ma mère. Jamais je ne connaitrai le détail de l'échange qui a lieu en ce moment entre ces complices de vies, ces sœurs inséparables.

Cet instant résonne en moi, tel une évidence, elles sont encore une fois, seules au monde.

Je suis rejoint par Anthony, nos mains se retrouvent et ne se lâchent plus.

Il m'a tellement manqué.

Je lui caresse la joue et me blottis contre lui.

Je suis éberlué par tout ce qu'il a fait pour nous, tous ces appels et messages soigneusement évités pour n'éveiller aucun soupçon et organiser au mieux cette surprise royale. C'est incroyable mais, il est là près de moi et nous sommes fiancés !

Puis, ma mère empoigne les roues de sa chaise et s'approche de nous les yeux remplis de larmes mais un large sourire aux lèvres :

—   On peut y aller les enfants !

—   Tu es sûre ?

—   Oh que oui ! Si on rate les festivités de Noël, Alice pourrait revenir nous hanter.

—   Oula, oui t'as raison. Filons.

En parlant des folies d'Alice, nous rions en quittant le cimetière.

Au loin nous voyons la cime du grand sapin de la ville s'illuminer. Une grande étoile blanche scintille en son sommet et l'on devine une nuée d'ampoules de toutes les couleurs qui descendent le long du sapin.

S'ensuit, quasi instantanément, un mini feu d'artifice qui vient clore cette vision féerique.

Nous nous arrêtons quelques secondes pour profiter au mieux de la vue et ne rien manquer de cette explosion de couleurs dans le ciel.

Je tiens les mains d'Anthony et de ma mère.

Nous échangeons un regard complice puis nous nous dirigeons vers le feu de joie.

Je me sens fort. Je me sens aimé. Je me sens à ma place.

34

Nous finissons par rejoindre tous les habitants et les touristes dans l'immense grange de Pipo, pour continuer la fête. L'humeur est joyeuse. Les nombreux rires et bruits de discussions s'entremêlent aux cris de joies des enfants qui courent un peu partout. Tout cela sur un fond de musique de Noël. Forcément.

Régulièrement, le brouhaha s'éteint pour laisser place à une animation sur la scène, construite pour l'occasion, au fond de l'immense bâtisse.

Se succèdent : la chorale de la ville, la chorale de l'école élémentaire, la chorale des collégiens, la chorale des anciens (Vous aussi vous vous dites que ça fait beaucoup ?). S'ensuit la remise des prix et Gretchen remporte le premier prix du concours de pâtisseries devant ses malheureux concurrents. George, enfin, prononce le traditionnel discours du Maire de la ville :

—   Bien, alors, vous savez que je déteste parler en public…

Toute la grange se met alors à le huer joyeusement, pour l'encourager mais aussi et surtout pour le taquiner.

—   …c'est ça, faites les malins ! Néanmoins, je veux quand même prendre quelques minutes pour tous vous remercier. Cette année a été riche en émotions. Mais notre petite ville a encore une fois prouvé qu'elle pouvait surmonter n'importe quel obstacle, et c'était sans compter votre arrivée parmi nous, Franck…

Ah ok, on fait dans la vanne frontale ! C'est noté ! En tout cas c'est réussi, tout le monde est mort de rire, Anthony et ma mère inclus.

—   … la tempête ne nous a pas épargnés, mais elle n'a pas entravé les festivités de fin d'année, si chères à notre ville. « Christmas Land » est, et restera, un endroit aussi original par son nom que par ses us et coutumes. Chaque habitant est un rouage important qui permet à la machine du bonheur de continuer à tourner, fidèle à sa réputation, depuis tant d'années. Les fondateurs de la ville seraient fiers de ce qu'elle est devenue. En conclusion, je lève mon verre en l'honneur de chaque citoyen de « Christmas Land » pour votre contribution et je remercie tous les amis, les touristes et amateurs de Noël qui venez célébrer avec nous les fêtes de fin d'année. Sans vous nous n'existerions pas. À vous tous mes amis, et nouveaux amis, je vous souhaite un merveilleux Noël. Soyez heureux. Et que la fête continue !!

A peine descendu de scène, Gretchen s'approche de George et l'embrasse tendrement, il redoutait cet exercice mais ce baiser le rassure sur sa prestation. Anthony me rejoint.

—   Cette ville est dingue ! Je comprends que tu t'y sois

attaché aussi rapidement, mon chéri.

Depuis son arrivée, Anthony est comme un poisson dans l'eau. Il ne cesse d'échanger avec Mathilde, Mika, Delphine et les autres personnalités de Christmas Land. Il rigole et s'amuse énormément :

—   C'est comme si nous étions dans un autre pays, et je sais de quoi je parle. C'est peut-être pour cela que l'on s'y sent aussi bien. Oh, t'as vu ça ?!? Je veux essayer...

Il court vers le grand karaoké de Noël qui vient de commencer pendant que je sors quelques instants pour retrouver ma mère. Je la trouve en grande discussion avec Linda et Gretchen. Comme à une époque lointaine, je tends l'oreille pour entendre ce qu'il se dit, telle une petite souris :

—   Vous avez un fils formidable Sonia. Maladroit, mais formidable.

—   Merci Gretchen. Franck et Anthony sont tellement importants pour moi.

—   Tout cela doit vous paraître un peu fou : la ville, les décorations, NOUS !

—   Au contraire. Tout est exactement comme Franck me l'avait décrit. Je comprends pourquoi Alice a décidé de venir habiter ici.

—   Elle nous parlait souvent de vous. Très souvent même. Elle vous aimait tellement.

—   Elle m'a aussi beaucoup parlé de vous Linda, vous savez ? Vos échanges, votre lien...

—   ...je l'aimais énormément !

Je comprends maintenant….

Alice et Linda n'étaient pas seulement des amies, elles s'aimaient d'un amour profond et sincère. J'aurais dû m'en douter. Les deux femmes restaient cependant très discrètes, mais je suis heureux d'entendre qu'Alice avait pu partager tout cela avec ma mère. Comme une dernière confidence de sœurs sur un amour inespéré qu'elle semblait chérir profondément.

Linda avait pourtant tenté de me mettre la puce à l'oreille, mais nous sommes tous toujours très pudiques lorsqu'il s'agit d'évoquer les sentiments amoureux de nos ainés.

Ainsi, ce choix de vivre loin de nous et de prendre ses distances fut sans aucun doute lié à sa nouvelle vie amoureuse. Elle avait pris le parti de profiter de la dernière étape de sa vie, loin de toutes justifications, de toutes contraintes, savourant la paix et son nouveau bonheur. Et les larmes qui coulent sur les joues de ma mère témoignent du soulagement de savoir qu'Alice était partie en paix et amoureuse.

— Ne vous retournez pas Mesdames, mais je crois qu'on nous espionne.

Je suis découvert. Gretchen a l'œil. Mes petits reniflements m'ont trahi.

Ma mère me tend alors la main :

— Viens nous rejoindre mon chéri. Tu as tout entendu ?
— Oui
— N'en veux surtout pas à Alice pour ses cachoteries. Tu sais à quel point elle était discrète et pudique sur ses sentiments.
— Lui en vouloir ? Jamais ! Au contraire, je suis heureux

qu'elle ait pu rencontrer une personne aussi gentille que Linda.

—   Merci Franck, je suis touchée !

Je vois combien ma mère est heureuse en compagnie de ces deux femmes qu'elle ne connaissait pas il y a seulement quelques heures. Ensemble, elles rient, pleurent, se confient. Les interventions de Gretchen déclenchent à coup sûr, des éclats de rire :

—   Vous me faites beaucoup penser à elle, Gretchen !
—   À elle ? Vous voulez dire à votre sœur ? Alice ?
—   Oui. Je ne sais pas, vous partagez cette même part d'humanisme et de gentillesse, alliés à votre grand sens de l'humour.
—   Je n'ai jamais connu Alice, mais je le prends comme un compliment. Par contre je vous préviens tout de suite Linda, vous n'êtes pas du tout mon style.

Et voilà ! Toujours le mot pour rire, mais avec une grande sincérité. Je sais pourquoi, tout comme ma mère, j'ai tout de suite accroché avec Gretchen.

Il est déjà tard, nous décidons de rentrer nous reposer car demain est un jour important.
Je retrouve Anthony dans la grange. Le pauvre, épuisé par tant de péripéties et tous ses voyages, s'est endormi sur une chaise. George et Gretchen nous déposent au cottage avant de rejoindre le magnifique chalet, niché sur la colline où ils aimaient jouer lorsqu'ils étaient enfants.
J'installe ma mère dans la « Chambre Coulisses », décorée en

hommage aux Arts et à son métier. De magnifiques rideaux rouge bordeaux viennent habiller les fenêtres, tels des pendrillons de scène que l'on retrouve dans certains théâtres. Un grand lit lui tend les bras et elle ne se fait pas prier pour s'y blottir rapidement.

—   Bonne nuit mon chéri et merci pour ces moments et toutes ces belles rencontres.
—   Merci à toi d'être là. Je t'aime.
—   Je t'aime aussi.

Je m'éclipse sur la pointe des pieds et vais à mon tour me blottir tout près d'Anthony qui dort déjà profondément. La journée a été riche et belle, la nuit s'annonce douce et reposante.

35

Nous sommes le 24 Décembre, jour du réveillon de Noël !

La grande banderole de la ville a été retirée.
À la place, une nouvelle beaucoup plus sobre et efficace sur laquelle on peut désormais lire : « Joyeux Noël à tous ! »
Après une grasse matinée bien méritée, nous nous retrouvons tous chez les « 2M » pour un brunch gargantuesque :

– Un quoi ?
– Un « Brunch » George. C'est un repas que l'on fait traditionnellement le dimanche, souvent entre amis, et qui s'étale sur une partie de la journée. On y mélange des plats sucrés et salés. C'est une tradition Américaine. Vous êtes le maire de Christmas Land, vous devriez connaître les coutumes d'Outre Atlantique par cœur, non ?
– Épargnez-moi vos raccourcis douteux Franck ! Je peux pardonner votre maladresse, mais en aucun cas votre manque de respect.
– Mais…
– Vous êtes séché ? C'est bon ? C'est un truc que Gretchen m'a appris.

—   Et bien ça fonctionne à merveille, soyez rassuré.

—   C'est parfait alors. Et en ce qui me concerne, je vois sur cette table des viennoiseries, des tartines et des confitures donc je resterai sur le terme de « petit déjeuner tardif ». Une spécialité Française bien de chez nous !

Je n'ai pas à cœur de le contrarier, surtout un jour comme celui-ci.

Restons sur « petit déjeuner tardif » alors !

George enchaîne en nous invitant à passer le réveillon chez lui.

Nous le remercions en même temps que nous acceptons son invitation. J'avais envisagé de les recevoir au Cottage, mais j'imagine déjà la journée que je vais pouvoir passer avec Anthony et ma mère à faire des emplettes.

Mon esprit remballe la vision des courses, des casseroles fumantes et de la vaisselle débordante pour céder la place à quelques heures de loisirs et de plaisirs.

—   Et pas de cadeaux ! Juste vous !

Ok, donc pas de cadeaux !

Il n'a pas précisé : « Pas de cadeaux de table », et comme je suis sûr que c'est une coutume qui lui échappe également, je me permettrai d'offrir un petit quelque chose à chacun. Au pire je me ferai encore « sécher » par George, je commence à en avoir l'habitude.

De retour au cottage, je m'installe devant mon ordinateur avec l'intention de mettre en ordre toutes les notes que j'ai pu prendre ces derniers jours.

Le temps passe à une vitesse fulgurante, mais j'éprouve beaucoup de plaisir à relire, corriger, mettre en forme et ainsi revivre à nouveau certains épisodes de cette folle semaine. De temps à autre je suis interrompu par ma mère ou Anthony qui passent me faire un bisou, m'apporter un thé ou un café. Quelquefois, je leurs soumets un passage de mes notes sur un évènement dont ils n'avaient pas eu connaissance.

Puis, c'est accompagné de Gretchen que ma mère se rend en ville pour acheter les cadeaux de table. Elles se comportent déjà comme deux vieilles copines qui partent en virée shopping.

Vers quinze heures, je m'autorise une pause et retrouve Anthony pour regarder un film de Noël. Nous nous endormons quasi instantanément dans les bras l'un de l'autre et je n'ai aucun souvenir de ce film.

Nos têtes encore embrumées par cette sieste réparatrice, nous nous réveillons enfin :

— Rien de mieux qu'une bonne sieste au coin du feu pour passer le vingt-quatre !
— Oh oui ! Comment tu te sens ?!?
— Ça va ! On s'habitue vite à la folie de cette ville en fait.
— Oui et bien calme toi, tu viens juste d'arriver.
— Tu as réfléchi à ce que tu allais faire ? Parce que, personnellement, je nous verrais bien rester un peu dans le coin…
— …ah oui ? Tu te verrais bien vivre à Christmas Land ?
— Vivre, je ne sais pas, notre vie est à Paris.
— Je le pense aussi…
— …mais, on se sent bien ici !
— Je ressens la même chose.

Mais à peine avons nous le temps de finir notre discussion que ma mère et Gretchen sont déjà de retour, les bras chargés de sacs. Anthony se moque d'elles en leur demandant si elles ont dévalisé toute la ville ?

Les deux femmes restent impassibles, fières et solidaires, jusque dans la susceptibilité.

En fin de journée, nous nous retrouvons tous à l'école élémentaire afin de donner un coup de main aux bénévoles de la soupe populaire. Dans une ambiance bon enfant, nous servons des repas chauds de réveillon, préparés par Mika et son équipe, aux familles dans le besoin. Avec beaucoup de respect et d'humilité, la petite communauté se serre les coudes pour venir en aide aux plus démunis.

Un grand sapin a été entreposé au fond de la pièce. A son pied, des dizaines de cadeaux emballés attendent d'être distribués.

J'entends la voix de George qui appelle les prénoms des enfants qui chacun leur tour, se précipite au pied du sapin pour récupérer leur cadeau.

Le premier soir de notre arrivée, quand George est venu nous secourir dans la forêt, j'avais été troublé par sa ressemblance avec une personne dont je n'arrivais pas à me souvenir. Mais en le voyant dans son costume, j'arrive maintenant à faire le lien.

George est le portrait craché du Père Noël, en tout cas tel que je me l'imagine.

Et…il s'appelle Klaus ! Pourquoi tout me paraît si limpide alors que la situation est tout à fait absurde et grotesque ?

Les films de Noël seraient-ils basés sur des évènements et des personnes ayant réellement existés ?

C'est très dur de quitter tous ces gens. Mais pour ce soir, nous ne pouvons rien faire de plus. Nous offrons nos plus beaux sourires, nos câlins les plus réconfortants et quittons le grand foyer de l'école.

Direction la tanière de George…euh de Klaus !

36

Le chalet recouvert de guirlandes lumineuses et de décorations, brille de mille feux.

Je me demande comment Klaus a trouvé le temps de faire tout ça, je suis épaté.

L'intérieur cosy que j'avais découvert en plein jour, est bien plus accueillant et chaleureux avec ses couleurs chaudes et le feu de cheminée qui règne en maitre au milieu de la pièce principale.

Une grande table est dressée devant la baie vitrée avec vue sur le balcon qui surplombe la ville, où des braseros éclairent le magnifique panorama sur la vallée et sur le ciel clair et étoilé. La carte postale est parfaite ! Très « Instagramable » comme diraient certains.

Une ribambelle de guirlandes lumineuses, qui n'est pas sans rappeler celles que l'on peut voir fleurir l'été dans beaucoup de jardins, viennent donner vie et éclairer cet espace de vie extérieur.

—   On mangerait presque dehors tellement c'est beau !

—   Je vous apprécie beaucoup Anthony, mais on va quand même s'abstenir. Il caille.

Mathilde à raison. C'est beau, mais il caille !!

Nous sommes donc onze ce soir autour de la table : Mathilde, Mika, Delphine, Cédric, Linda, Mr Ray, ma mère, Anthony, ma pomme et nos deux hôtes Klaus et Gretchen.

La crème de la crème !

La soirée est déjà bien entamée et risque de se poursuivre jusque tard dans la nuit.

–   J'avais dit « pas de cadeaux ! ». Ce n'est pas possible ça !

–   Ce sont des « cadeaux de table » vieux bouc ! Et sois poli !

–   Des quoi ?

–   Laisse tomber et sers-nous à boire.

Klaus et Gretchen sont de plus en plus proches et semblent avoir retrouvé leur complicité d'antan.

J'aide ma mère à positionner chaque cadeau dans les assiettes des convives, pendant qu'elle m'explique qu'elles ont opté pour des petits objets en bois sculpté, trouvés sur un des stands de la ville.

J'ai bien dit « *stand* », pas « *marché* », soyons clairs. Je vous rappelle que le sujet est encore tabou…

Nous prenons place autour de la grande table, enthousiastes à l'idée d'ouvrir nos cadeaux de table.

Mathilde et Mika découvrent des ornements en forme de part de pizza pour l'un et en forme de gâteau pour l'autre. Monsieur Ray celui d'un marteau, qui n'est pas sans rappeler ceux utilisés par les juges lors des procès. Delphine reçoit un ornement en forme de nuage, pour elle qui a si souvent la tête dedans. Mon chéri, un petit avion aux ailes rouges et bleues pour lui rappeler de ne jamais cesser de s'évader. Gretchen, la représentation d'une maison en pains d'épices :

— Il était fait pour moi ! Je ne pouvais pas passer à côté.

Bien vu !
Pour ma part, j'en reçois un en forme de cœur, gravé dans un bois rouge magnifique.
Cédric reçoit quant à lui, un vrai jouet. Normal, il faut prendre soin de son imaginaire d'enfant. Une figurine de Spiderman qui lance de vraies toiles d'araignées grâce à une substance très collante, proche de celle du serpentin.
Ma mère se voit offrir un petit ornement en forme de trèfle à quatre feuilles, afin que la chance ne la quitte jamais. Linda, quant à elle se voit offrir deux objets en bois : un en forme de billet de banque et un autre en forme de livre :

— On n'a pas su trancher entre le côté businesswoman et votre passion pour la lecture.
— Ça me convient très bien. C'est tout à fait moi ! Une main de fer dans un gant de velours. Merci.

Cela amuse toute la tablée.
Et enfin Klaus. Son paquet, comme celui du petit Cédric est un peu différent. Un peu plus gros même. D'abord intrigué, l'homme ouvre délicatement sa boîte.
Ses yeux s'écarquillent instantanément. Il en sort une magnifique étoile argentée :

— Je me suis dit qu'il manquait un truc au-dessus de ton sapin.

–   C'est vrai que je n'ai jamais pris le temps de compléter ma collection.

–   C'est aujourd'hui chose faite. Cette étoile nous guidera et nous protègera au fil des années et pour les prochains Noëls. Tout comme toi, tu t'efforces de protéger et de guider chacun d'entre nous au quotidien.

–   Merci Gretchen, je suis…très touché.

Discrètement, j'essuie une larme qui s'échappe du coin de mon œil.

Nous remercions tous ma mère et Gretchen pour leurs précieux présents.

Ma mère est un peu gênée par tant de remerciements, mais je sais à quel point elle a participé de bon cœur à la recherche de tous ces jolis petits symboles.

La soirée est très agréable. Les discussions vont bon train en même temps que les plats défilent. Petits fours, canapés aux foie gras, petits blinis de saumon frais viennent démarrer le long ballet des plats qui rythmeront cette soirée et rempliront nos estomacs. Forcément, une énorme dinde aux marrons en plat principal, et la fameuse bûche en dessert. Glacée, dieu merci ! Je crois que nous sommes tous traumatisés par les bûches de Noël à la génoise et à la crème au beurre, qui donnent envie de vomir à quelques minutes d'ouvrir les cadeaux.

Vous voyez ce que je veux dire ?!?

Donc une buche glacée à la vanille et à la mangue. Un régal !!

Anthony, ma mère et moi profitons de chaque minute de cette soirée, car nous devrons très bientôt quitter Christmas

Land.

Accoudé à la rambarde de la grande terrasse, je regarde la ville en contrebas et songe à l'aventure que j'ai vécue depuis mon arrivée.

Dans un film de Noël, le héros aurait un léger sourire au coin des lèvres et revivrait chaque scène, au ralenti, sur une musique douce et mélancolique.

Il y a seulement quelques jours, je déprimais, seul, affalé sur mon canapé prêt à signer les papiers de succession à distance, sans même mettre un pied ici, risquant ainsi de passer à côté de tout ce beau monde.

Aurais-je rampé devant mon ex patron pour retrouver un semblant de poste ennuyeux ? Me serais-je retrouvé au chômage, à écouter de vieilles chansons des années 90 tout en dévorant un pot XXL de glace *Ben et Jerry's*, devant « *Titanic* » ou « *Les Petits Mouchoirs* » ?

Je ne sais pas. Et j'avoue que cela me fait un peu peur quand j'y pense.

Je suis en haut d'une montagne et je contemple mon ascension à peine terminée.

Une décision qui me paraissait barbante et rébarbative m'a au final aidé à opérer un changement de vie, et une prise de conscience personnelle et significative.

Je comprends ce soir, que l'instinct à ce pouvoir de décisions positives incroyable sur nos vies et qu'il est important de ne jamais lui tourner le dos et de toujours lui faire confiance.

Écouter, repérer et comprendre chaque signe que l'on peut parfois recevoir, et accepter de donner un grand coup de pieds dans notre banalité quotidienne. Tant de choses me passent par la tête et…

— Rolala, vous, vous êtes en train de prendre la tête à votre esprit !

— Si on veut, oui.

— Laissez-le donc tranquille, lui aussi a le droit de faire un break pour le réveillon, vous ne croyez pas ?

— Oui, vous avez raison.

— Sonia et Anthony sont deux êtres merveilleusement doux et attachants. Vous êtes bien entouré.

— Oui, j'ai beaucoup de chance.

— Eux aussi ont beaucoup de chance.

— Oui, je le pense aussi. On peut même dire BEAU-COUP de chance.

— Et voilà que maintenant vous maitrisez en plus le second degré. Mon travail avec vous est terminé jeune Jedi. Vous allez me manquer Franck…

— …vous aussi Gretchen, terriblement…

Nous échangeons un regard tendre puis un long rire complice qui vaut tous les mots.

Mais voilà que minuit sonne déjà à la petite horloge du salon de Klaus.

Nous rentrons retrouver les autres pour leur souhaiter un joyeux Noël.

— C'est malin, on n'a rien à s'offrir du coup…

Pas tout à fait…

Je m'éclipse quelques secondes, sous le regard amusé de Mr Ray, et vais récupérer une enveloppe dans mon sac que je finis par tendre à Gretchen et Klaus :

– …si, j'ai un petit quelque chose pour vous !

– Qu'est-ce que… ???

– Lorsque Monsieur Ray m'a téléphoné il y a quelques jours pour m'apprendre le départ d'Alice, je n'imaginais pas trouver une seconde famille dans cette petite ville, ni rencontrer une personne comme vous Gretchen ou comme vous Klaus. Les signes sont beaux et forts. Certaines choses semblaient écrites, et d'autres ne demandaient qu'à être confirmées et signées…

– …mais ?

– Gretchen, Klaus, vous êtes les nouveaux copropriétaires du cottage !

– Vous êtes fou Franck !

– Non, je ne suis pas fou. Enfin, pas tout à fait. Monsieur Ray confirmera que cette donation et cette décision sont tout ce qu'il y a de plus légal et de plus réfléchi. Surtout que ce bien à longtemps appartenu à votre famille Gretchen. Il est donc normal que vous en preniez la suite MAIS accompagné de l'homme que vous aimez le plus au monde. Et Klaus, bien entendu !!

– Que vous êtes bête ! Venez par-là !

Klaus et Gretchen me serrent très fort dans leur bras et me font la promesse de continuer à faire vivre et prospérer ce lieu si cher à leur cœur et leur histoire.

Tout comme il l'était pour Alice. Je les aiderai bien sûr, au besoin, à distance.

Les huit autres ne tardent pas à nous rejoindre dans ce câlin collectif, même Mr Ray !

L'histoire ne se finira donc pas là. Pas tout à fait.

J'ai besoin de personnes de confiance pour continuer à perpétuer le travail et les folles idées de ma tante. Et quoi de mieux qu'une vieille fêlée, et un vieux râleur au grand cœur pour le faire ? Je sais que nous reviendrons souvent et profiterons avec eux de ce lieu symbolique et si important.

La soirée continuera jusque tard dans la nuit au son des musiques de Noël et des vieux tubes des années 80/90 qui ne cesseront de tourner sur la vieille platine vinyle de Klaus. Le tableau est parfait ! Des amis, des amants, des parents, des enfants mais surtout des êtres heureux de partager ce moment si unique. Tous ensemble, au chaud, alors que dehors la neige commence doucement à tomber…ok, ok, ce n'est pas vrai ! J'aurais adoré, mais le cliché s'arrête là.
Nous sommes tous réunis, et c'est quand même ÇA le plus important !!

Si vous pensiez trouver dans ces pages une histoire pleine de bons sentiments, de sucres d'orge et d'aventures palpitantes… je crois que vous avez été servis, non ?
De l'amour, des rencontres, des déconvenues, beaucoup de guirlandes, des pâtisseries et un peu de magie…

… comme si c'était un film de Noël !

HAPPY END !!!

PS :

Pour ceux qui ont l'œil et se demandent ce qui a bien pu se passer le 4ème jour ? (Totalement absent de l'histoire). Je tiens tout d'abord à m'excuser pour ce petit mystère. Ensuite, je vous dirai que je vous avais prévenu dès le début que vous ne seriez pas à l'abri de quelques petits mensonges ou omissions de ma part. Et je conclurai en formulant le vœu d'avoir un jour la chance de pouvoir vous raconter la fabuleuse histoire de cette folle journée...

JOYEUX NOËL À TOUS !!

REMERCIEMENTS

Avant tout, un grand MERCI à vous qui avez acheté mon livre et pris le temps de le lire. J'espère que mon histoire, mes personnages et l'univers que j'ai imaginé pour vous transporter un peu hors du quotidien, vous auront permis de passer de bons moments.

Un immense MERCI également à mes proches qui m'ont soutenu et supporté pendant tout le procesus créatif de ce premier roman qui me tient tant à coeur. Et notamment mon mari, Anthony, et ma maman, Véronique, sans lesquels je n'aurais jamais pu aller au bout de ce projet.

MERCI DU FOND DU COEUR !!!

 /yanngalode

/yanngalode

« Et si c'était un film de Noël » est le premier roman de Yann Galodé, comédien et lecteur passionné.

C'est à l'âge de sept ans qu'il découvre sa vocation pour la scène. Après quelques années de formation, il emploiera toute son énergie à divertir les personnes qui l'entourent ou qui viennent le voir en spectacle. Au théâtre, sur petit ou grand écran, il n'en reste pas moins passionné par l'écriture qui occupe une grande partie de son temps libre.

Ce roman est pour lui l'occasion d'aborder un thème qui lui tient à coeur : Noël.

Et plus particulièrement les « Films de Noël », dont il est un spectateur assidu.

Entre anecdotes personnelles et gentils clichés, il fait le voeu de ravir les lecteurs et lectrices avec son univers « Noëlesque ».